NIM
EN EL MAR

Dirección editorial:
Departamento de Literatura
Infantil y Juvenil

Dirección de arte:
Departamento de Imagen y Diseño GELV

Título original: *Nim at Sea*
Publicado por primera vez en Australia por Allen & Unwin, 2007
© Del texto: Wendy Orr
© De esta edición: Editorial Luis Vives, 2008
  Carretera de Madrid, km. 315,700
  50012 Zaragoza
  Teléfono: 913 344 883
  www.edelvives.es
Editado por Juan Nieto Marín

ISBN: 978-84-263-6842-3
Depósito legal: Z. 3333-08

 Talleres Gráficos Edelvives (50012 Zaragoza)
Certificados ISO 9001
Printed in Spain

NIM EN EL MAR

Wendy Orr

Ilustraciones
Kerry Millard

Traducción
Herminia Bevia

EDELVIVES

Para Paula, que creyó en Nim.
W. O.

Para Wendy, por todas las historias
que hemos compartido.
K. M.

Hace mucho tiempo, cuando era un bebé, Nim tenía un padre y una madre. Un día su madre decidió averiguar qué contenía el estómago de una ballena azul. Se trataba de un experimento interesante, que nadie había realizado desde hacía miles de años.

Jack, el padre de Nim, dijo que no sería peligroso. Pero no contaba con los turistas de la compañía de cruceros Troppo, que llegaron y se pusieron a filmar, armando un jaleo enorme, mientras describían círculos a toda velocidad con su barco rosa y púrpura. La ballena se asustó y se sumergió en las profundidades, pero tanto que nadie podía saber dónde o cuándo iba a volver a la superficie.

Así que Jack instaló al bebé en su barco y navegó alrededor del mundo una y otra vez por si su

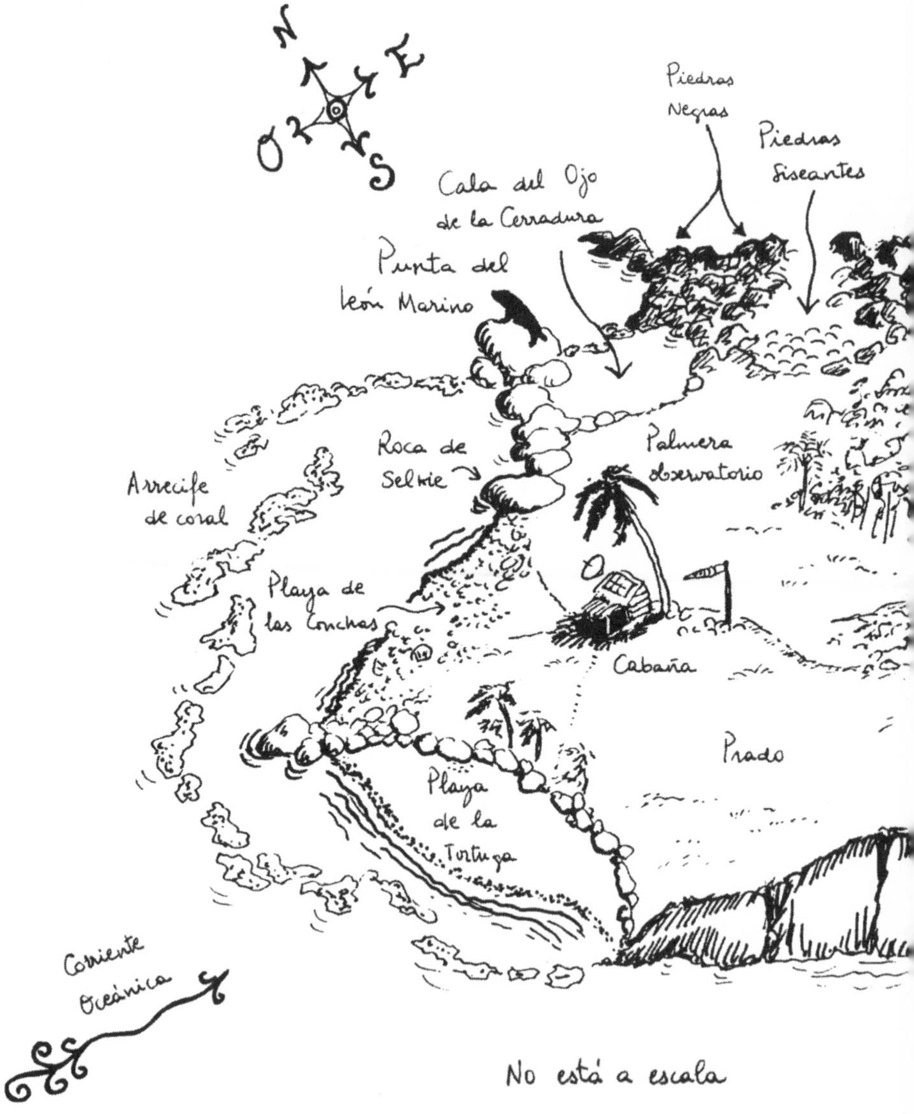

N
E
S
O

Cala del Ojo
de la Cerradura

Punta del
León Marino

Piedras
Negras

Piedras
Siseantes

Roca de
Selkie

Palmera
observatorio

Arrecife
de coral

Playa de
las Conchas

Cabaña

Prado

Playa
de la
Tortuga

Corriente
Oceánica

No está a escala

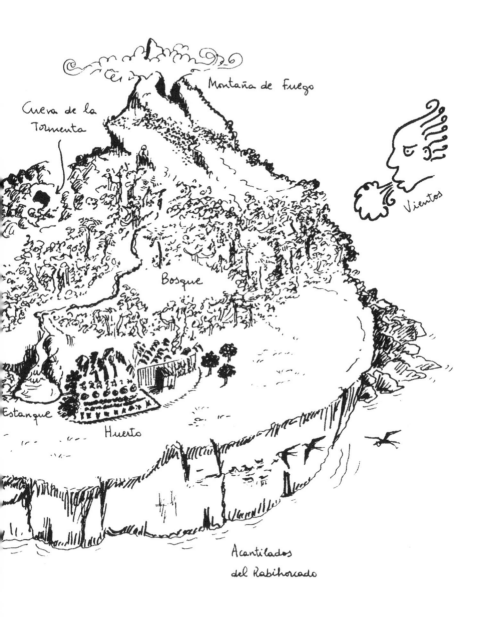

mujer salía a la superficie en alguna otra parte y no sabía cómo volver a encontrarlos. Al final, cuando el bebé ya se había convertido en una niña pequeña, Jack encontró una isla perfecta para poder seguir con su trabajo de investigación y donde Nim pudo crecer libre y salvaje.

De la madre de Nim no se volvió a tener noticia.

La isla tenía blancas playas de conchas, arena dorada y grandes rocas negras. Había una montaña de fuego, con un bosque verde en la parte más alta de sus pendientes, y prados en sus faldas.

Tenía, también un estanque de agua dulce potable, una cascada por la que deslizarse y un lugar especial en los prados, cerca de la playa de las conchas, donde Jack construyó su cabaña.

Pero lo mejor de todo era el laberinto de arrecifes de coral que rodeaba la isla y la protegía de la llegada de cualquier embarcación, salvo de las más pequeñas. Para Jack y Nim aquél era un lugar perfecto, pues no querían que los turistas de la Troppo ni nadie los encontrara. Pero un día, Jack y su embarcación desaparecieron en una tormenta y la amiga que Nim había hecho a través del correo electrónico, Alex Rover, la más famosa y cobardica de las escritoras de aventuras del mundo, acudió al rescate de la niña.

Y entonces se cumplió el deseo más secreto de Nim: Jack regresó y Alex se quedó con ellos.

1

En una palmera, en una isla, en medio del inmenso mar azul, había una niña.

Nim tenía el pelo revuelto, los ojos brillantes y llevaba tres cordeles en torno al cuello. Uno, para un catalejo; otro, para una caracola, y el tercero, para una navaja grande y roja con su funda.

Mirando a través de los prismáticos, Nim contempló la partida del pequeño hidroavión rojo. Éste atravesó los arrecifes hasta el agua oscura y profunda, mientras iba golpeando las olas. Después, se impulsó tan alto y llegó tan lejos que se convirtió en un punto y se perdió de vista.

—Alex se ha ido —dijo Nim a Fred.

Fred se quedó mirando los cocos que se apiñaban en el árbol.

Fred era una iguana macho, lleno de espinas como un dragón y con una graciosa nariz chata. Estaba sentado en el hombro de Nim, pero parecía más interesado en los cocos que en decir adiós. A Fred nadie le había dicho que las iguanas marinas no comen cocos.

Mientras lanzaba tres cocos maduros al suelo —«pum-pum-pum»—, Nim recordó que la primera vez que había abierto uno para que Alex lo probara, ésta le había dicho sorprendida: «Ni se me había pasado por la cabeza que pudiera haber algo más rico que el café».

Nim dirigió la mirada hacia su padre, que estaba sentado, inmóvil como una piedra, en la roca de Selkie. Nunca lo había visto con un aspecto tan desolado.

En ese momento se dio cuenta de que había cometido un error muy, pero que muy grave, peor que cualquier otro que pudiera haber cometido antes.

El primer error había sido responder al primer correo electrónico de Alex. En ese momento, Nim aún estaba convencida de que el famoso Alex Rover era un hombre y, también, un héroe como ésos que salían en sus libros.

Pero había estado bien. Alex se había presentado en la isla y, al final, Jack y Nim ya no querían que se fuera. A veces era estupendo ser tres en vez de dos.

En ocasiones, Nim quería a Jack para ella sola, como antes, y le pasaba lo mismo con Alex, porque ya era su amiga antes de hacerse amiga de Jack. A veces, si Alex y Jack le decían que se fuera a dormir mientras se quedaban charlando hasta las tantas, Nim se sentía desplazada y más sola de lo que se había sentido nunca cuando estaban únicamente los dos.

Aquella mañana había aparecido el pequeño hidroavión rojo para traer todas las cosas que Alex había pedido a su editora que le enviara de la ciudad. Era la primera vez que un avión aterrizaba en la isla. Nim se dio cuenta de que a Jack le preocupaba que el piloto se fijara en lo hermoso que era aquel lugar y quisiera volver de nuevo.

Cuando Jack se preocupaba, Nim también se preocupaba. Y cuando Nim estaba preocupada, también se preocupaban Selkie y Fred. (Selkie era una leona marina que a veces se olvidaba de que Nim era una niña y no un cachorro de león marino al que podía hocicar y cuidar).

Los dos se pegaban a Nim cada vez que iba y volvía de la cabaña al avión.

—¡Jamás había visto a unos animales hacer eso! —le había dicho el piloto.

Nim no supo qué responderle; en parte, porque no entendió exactamente lo que quería decir y, en parte, porque nunca había hablado con nadie, a excepción de Jack y Alex.

La niña cargó una de las cajas y la abrió. Dentro había libros. Libros delgados y gordos, libros pequeños y grandes, de historia y ciencias, de misterios y cuentos de hadas. Quería leerlos todos.

—Vamos —le dijo Alex—. Ya tendrás tiempo de leer cuando hayamos descargado el avión.

El piloto sacó dos grandes paneles solares.

—¡Magnífico! —exclamó Jack.

Los quería para la habitación nueva que había pensado construir. Iba a ser un cuarto especial en el que Alex podría escribir sus libros.

Con los paneles sobre su cabeza, Jack avanzó con cuidado y muy despacio hacia la cabaña.

—¿Quién coge esto? —preguntó el piloto señalando un cajón.

Nim se adelantó, pero justo cuando estaba a punto de cargarlo el hombre se lo tendió a Alex. Primero, Alex se tambaleó, luego tropezó y después… «¡crash!», el cajón cayó en la arena con un estrépito de cristales rotos.

—¡Oh, no! —aulló Alex—. ¿Qué he hecho?

—¡Los tubos de ensayo de Jack! —le gritó Nim—. ¡Tendrías que haberme dejado a mí!

—¡Intentaba ayudar!

—¡No necesitaba ayuda! ¡No tenías que haberte metido!

—Siempre estoy estorbando —respondió secamente Alex—. Quizá tú y Jack estaríais mejor sin mí.

—Quizá sí —gritó Nim, y se alejó a grandes zancadas sin esperar respuesta.

«Tiene razón —pensó Alex—. Nim y Jack han vivido aquí tan felices durante años. Y la verdad es que no me necesitan. Nim lleva una temporada muy enfadada conmigo y jamás había visto a Jack tan preocupado. Creo que estoy alterando demasiado sus vidas. ¿Y si, en el fondo, lo que quieren es volver a estar solos, pero son demasiado amables para decírmelo?».

Alex sabía bien lo que significaba tener miedo a decir las cosas. Antes de llegar a la isla tenía tanto miedo de hablar a cualquier persona que rara vez salía de su apartamento. Era famosa, pero sólo por sus libros. Su vida había cambiado por completo desde que había volado al otro extremo del mundo en busca de Nim.

—¡Esto es lo último! —El piloto le tendió un sobre grande—. Bien, es hora de que me vaya.

Alex abrió el sobre y sacó una carta.

—¡Espere! Puedo..., ¿puedo volver con usted?

—¡Por supuesto! —respondió él—. Pero, ¿no necesita hacer el equipaje?

a que si veía a Jack o a Nim sería inca-
charse, aunque fuera lo correcto.
—dijo—. Estoy lista para salir.
al pequeño hidroavión rojo y se marchó.

Nim descendió del cocotero y hundió la cara en
el cálido cuello de Selkie, porque la leona marina la
quería por mal que se portara. Y lo que Nim sentía
en el estómago le hacía darse cuenta de que era lo
peor que había hecho en su vida.

Jack también la quería, pero Nim no estaba segura de que siguiera haciéndolo cuando advirtiera que
había sido ella la que había echado a Alex.

—Reúnete conmigo en la Cueva de la Tormenta
—dijo a Selkie, porque el sol y el mar brillaban dema-

siado. Sólo la profunda y oscura cueva podía compararse a la manera en que se sentía por dentro.

Selkie emitió una especie de gruñido de desaprobación y se dirigió bamboleándose hacia el mar.

Nim y Fred partieron hacia el interior, atravesando las Piedras Negras, hacia la base de la Montaña de Fuego, más allá de las Piedras Siseantes.

Gatear por las rocas estaba bien, porque era una tarea tan difícil que no dejaba ocasión a Nim para pensar en nada más.

Pero al llegar a la cueva, recordó que allí Alex le había contado historias mientras intentaban dormir sobre el duro suelo, y que allí también habían presenciado la salida del sol en su primer día de estancia. Alex, además, había llorado en ese mismo lugar cuando Nim se quitó la costra de una rodilla y vió como le salía sangre.

Nim gateó hasta el fondo de la cueva para estar tan sola como fuera posible. Hipó, tosió y lloró, se sonó las narices y se le cayó el pañuelo.

Cuando palpó a su alrededor, en medio de la oscuridad, para buscarlo, encontró un mapa.

Era el mapa que había dibujado Alex mientras le contaba una de sus historias: un mapa de una isla que era una ciudad, y, a espaldas de ésta, otra ciudad más grande en tierra firme. Completamente diferente a la isla de Nim.

Allí era donde publicaban los libros de Alex, en un edificio grande y resplandeciente cuyos pisos superiores llegaban más arriba de las nubes. Allí era donde estaba la editora de Alex, la que había enviado el avión de suministros en el que acababa de marcharse.

Nim metió el mapa en su bolsillo más escondido y volvió a llorar. Era tal su llanto que Selkie decidió salir del mar e ir hasta la cueva para consolarla. Al ver que Nim no dejaba de llorar por mucho que resoplara y bufara, volvió a salir y empezó a hacer gracias. Mantuvo una piedra en equilibrio sobre la nariz y la lanzó por los aires acantilado abajo. Se irguió sobre las extremidades inferiores y agitó sus aletas como si intentara echar a volar. Hizo el pino sobre las aletas delanteras. Repitió todo su repertorio mientras emitía su peculiar ladrido para que Nim dejara de llorar.

Finalmente, Selkie intentó la mejor acrobacia de su vida: hizo el pino justo en el borde de las rocas y de un brinco impecable saltó de cabeza al agua.

La caída era larga y lo había hecho todo a la perfección, pero Nim no se había asomado a verla.

Nim tampoco vio el gigantesco barco que había rodeado el cabo y estaba anclado a poca distancia de los acantilados.

No vio la lancha hinchable ni a la gente que hacía *snorkel* a su alrededor, ni la segunda motora que pistoneaba mientras asomaba por detrás del barco. No vio al hombre que había estado observando las acrobacias de Selkie con unos binoculares, había levantado su fusil y había disparado un dardo tranquilizante contra el león marino.

No vio dar a la tripulación la orden de que subieran a Selkie a bordo, ni cómo el bote aceleraba en dirección al barco grande.

Pero Fred sí.

Fred había estado pendiente de Selkie con la esperanza de que hiciera su acrobacia favorita: lanzar un coco hacia arriba desde lo alto del acantilado y, «plas», verlo golpear contra las rocas. Cuando dio el último salto, había corrido hasta el borde del acantilado para ver si había aplastado algún coco por el camino.

Pero lo que vio le hizo olvidar los cocos.

Bajó a la carrera y siguió corriendo pendiente arriba. Entró a toda prisa en la cueva y golpeó la pierna de Nim. Como no le hacía caso, trepó a su hombro y resopló lanzándole a la cara agua salada y fría.

—¡Fred! —protestó Nim, pero, cuando Fred corrió hasta el borde del acantilado, decidió seguirlo.

La lancha volvía al barco. Gracias a su catalejo, Nim alcanzó a ver a Selkie en el fondo de la embarcación.

—¡La han matado! —chilló.

Entonces Selkie levantó la cabeza y Nim vio cómo los hombres la inmovilizaban con redes y cuerdas.

Tenía que rescatar a su amiga, ¡y rápido!

Fred se encaramó a su hombro y se sujetó con todas sus fuerzas. Nim se acercó al borde del risco.

Abajo, muy lejos, se veía el agua.

«¿Y si choco contra las rocas?», pensó Nim.

Saltó tan alto y tan lejos como pudo, y se dobló para caer de cabeza.

Golpeó el agua.

A Nim le estallaban los pulmones y le dolían los oídos. Vio luz en lo alto y pateó y braceó hasta llegar a la superficie, jadeando y escupiendo agua.

El bote ya estaba muy lejos. El oleaje era fuerte en aquel lado de la isla, pero Nim no tenía otra opción. Respiró hondo de nuevo y empezó a nadar.

2

Jack permaneció sentado en la roca de Selkie mucho, mucho tiempo, con la mirada clavada en el horizonte. Sentía que la mitad de su mundo había desaparecido junto con el avión de Alex y que ella lo había abandonado.

Volvió a leer la carta que encontró en la playa. En lugar de redactar una nota de despedida, Alex sólo dejó una carta que alguien le había dirigido.

Querida Alex:

Me alegra que los materiales que reuní para el barco de suministros te fueran de utilidad; espero que estas otras cosas también lo sean. Supongo que, a estas alturas, la cabaña nueva estará casi acabada.

Ahora ya tenéis todos ropa que poneros. ¡Fue muy divertido leer lo de tu vestido de hojas de plátano en tu primer correo electrónico! Siguiendo tus instrucciones, he vendido tu apartamento y tus muebles. Te adjunto la documentación. No obstante, por si cambias de opinión sobre lo de quedarte en esa pequeña isla para siempre, te mando también un pasaporte y una tarjeta de crédito nueva para reemplazar los que perdiste.

Espero que descubras con este envío la razón por la que he estado tan ocupada: la primera copia de tu nuevo libro. Me siento muy orgullosa de ser tu editora. Creo que es una maravilla y entre todos vamos a asegurarnos de que sea tu mayor éxito de ventas.

Por favor, si puedo hacer algo más, házmelo saber.

Tu amiga,

Delia Defoe

«¿Por qué…?», se interrogó Jack. Por mucho que leía y releía la carta, seguía sin entender el motivo por el que Alex se había marchado.

—¿Decidió no vender su apartamento? —preguntó al mar—. ¿Decidió, de repente, que quería volver para ser famosa? ¿Y por qué no pudo decírmelo?

Pero el mar no le respondía. Daba igual lo que pudiera preguntarse Jack, porque Alex se había ido.

Y pronto tendría que decírselo a Nim, lo que sería casi peor que cuando se enteró él.

Jack creía saber dónde estaba Nim. Había visto su cara cuando abrió aquel enorme cajón lleno de libros: estaría tumbada en algún lugar, con la cabeza apoyada en el lomo de Selkie, con Fred hecho un ovillo sobre su estómago y enfrascada en alguna historia, sin darse cuenta siquiera de que todo había cambiado.

Alex estaba sentada en el asiento del pasajero del hidroavión, demasiado paralizada por la tristeza como para sentir miedo. Recorrió con la mirada la arena dorada de la Playa de la Tortuga, las negras rocas de la Punta del León Marino, la palmera a la que siempre trepaba Nim y la cabaña que acababan de construir, y se preguntó si no estaría cometiendo un terrible error.

Luego estuvo dándole vueltas a lo que le había dicho Nim y se ratificó en la idea de que quería demasiado a sus amigos como para quedarse si la niña no lo deseaba.

Fred saltó de los hombros de Nim cuando llegaron al agua, pero se sumergió el tiempo justo para darle un bocado a un macizo de algas antes de reaparecer al lado de ella.

Selkie formaba parte de la vida de Fred, y Fred no quería que desapareciera.

Los dos nadaban con todas sus fuerzas, pero el bote se alejaba cada vez más. A Nim se le salía el corazón por la boca; le costaba mucho respirar y tragaba agua más deprisa de lo que era capaz de escupirla.

«¡No... uff... puedo... uff... nadar más deprisa!», pensaba. Paró y se dejó flotar de espaldas. Fred siguió deslizándose bajo la superficie, justo a su lado.

Cuando Nim recuperó el aliento y se dio la vuelta de nuevo, el crucero estaba más cerca, pero la lancha en la que iban Selkie y sus secuestradores se había esfumado.

«¡No puede haber desaparecido! —pensó Nim—. Tiene que estar al otro lado del barco».

Entonces vio el nombre del buque, pintado con enormes letras rosa y púrpura bajo la cubierta de proa: «TROPPO TOURIST».

La empresa que Nim y Jack odiaban más que a nada en el mundo.

Nim intentó avanzar más deprisa, pero poco después estaba jadeando y tragando agua otra vez. Se colocó de espaldas nuevamente. Manoteó con los brazos, pateó con los pies... y su cabeza chocó contra un bote de goma.

Alguien la agarró por los brazos. Un hombre y una mujer, con gesto horrorizado y camisa rosa y púrpura a juego, la miraban desde lo alto.

—¡Dijiste que los habías contado! —gritó la mujer, en cuya camiseta ponía «Soy Kylie».

—¡Y lo hice! —respondió el hombre, llamado Kelvin—. Había quince chicos en ese grupo de buceo a pulmón, y recogimos a quince..., creo.

—¡Si los hubieras contado no estaríamos sacando a esta pobre criatura del agua justo ahora, cuando el barco está a punto de partir! —insistió Kylie.

—A lo mejor es una náufraga de esa isla desierta. ¡Hemos encontrado a Kid Crusoe!

—¿Adónde te dirigías, criatura?

—Al barco —susurró Nim.

Seguía sin ver el otro bote. Lo único que alcanzaba a distinguir era el crucero: su casco blanco, que lo abarcaba todo delante de ella, y sus abominables cubiertas que se alzaban hacia el cielo. Era el único lugar al que podía haber ido el bote de Selkie. Si Nim quería rescatarla, tenía que subir a aquel barco.

Fred estornudó.

—¿Qué es eso? —exigió saber Kelvin.

—Me da igual lo que sea. ¡Tíralo al agua!

Fred se aferró a Nim y puso la mejor de sus feroces expresiones de dragón.

—¡Es mi amigo! —gritó Nim.

—Si tú lo dices... —sonrió Kelvin.

En realidad, no daba la impresión de que le apeteciera lo más mínimo tocar a Fred.

—Delira.

—Mejor dejemos que se lo quede.

—¿Dónde está tu equipo de *snorkel*, cariño?

—No lo sé —dijo Nim.

—Da lo mismo —contestó Kylie con una sonrisa tan enorme como falsa—. No diremos que has perdido un valioso respirador si tú no le cuentas a nadie que has estado a punto de perder el barco.

—¡Gran idea! —dijo Kelvin—. Mira, no queremos que tengas problemas. Tus padres se enfadarían bastante si descubren que no te quedaste con los demás niños, como se supone que tenías que hacer.

—¡Seguro que te dejan encerrada todo el viaje de vuelta hasta Nueva York!

—Imagínate, pasarse seis días enteros sin poder salir del camarote. No es muy apetecible, ¿verdad?

Nim sentía que le iba a estallar la cabeza.

—¿Dónde esta Selkie? —gritó.

—¿Quién es Selkie?

—No nos habremos dejado olvidado a otro niño, ¿verdad?

—Es una...

Pero Nim se mordió la lengua cuando estaba a punto de decir «leona marina».

Recordó aquella parte del libro de Alex en la que el héroe engañaba a los malos e impedía que lo secuestraran haciéndose el loco.

—... una sirena —dijo Nim.

—¡Ha cogido una insolación!

—¡Lleva demasiado tiempo en el agua!

—¡Tápala con esa chaqueta!

Kevin arropó a Nim y Fred con una chaqueta rosa y púrpura de la Troppo. Seguía sin querer rozar a Fred.

Kylie lo miró del mismo modo que miraba Selkie cuando se comía el almuerzo de Nim.

—No te preocupes, pequeña, me ocuparé de ti antes de que te vean tus padres. ¡Todo irá bien!

El bote golpeó contra el barco. Una larga escala de cuerda permitía ascender hasta una puerta situada a media altura de la banda de babor.

3

Nim descansaba en una enorme sala abierta, decorada con pequeñas palmeras y grandes flores brillantes. A su derecha aparecía una fuente de mármol; al otro lado se abría un largo corredor flanqueado por puertas. Por encima de ese espacio se sucedían varias cubiertas. Mirara donde mirara, había gente: sentados en el borde de la fuente, acodados en las barandillas, alrededor de pequeñas mesas con bebidas y aperitivos, o de mesas más grandes, observados por los risueños tripulantes de la Troppo. Charlaban, reían y miraban a su alrededor.

Nim se quedó paralizada.

—¿Te encuentras bien? —le preguntó Kylie con voz cortante.

Nim dio un paso hacia la fuente, en donde el agua bullía y manaba de la boca de un delfín de piedra. En el reducido estanque que rodeaba la escultura, dos delfines nadaban en círculos interminables. Nim jadeó. Los delfines que conocía nadaban en libertad por los mares, mientras que aquéllos apenas tenían espacio para chapotear.

—Por aquí —dijo Kylie, guiando a Nim por unas escaleras que bajaban a otro corredor con un resplandeciente suelo verde y paredes repletas de puertas. No había ventanas, y aunque del techo colgaban unas lámparas que daban luz, Nim se sintió tan encerrada como si estuviera en una cueva. Fred se enroscó alrededor de su cuello, asomando los ojos por debajo de la barbilla de Nim.

Kylie sacó una llave, abrió la puerta del camarote número doce e invitó a Nim a pasar a su interior. Había dos camas, dos muebles con cajones y una puerta que daba a una diminuta habitación muy iluminada en la que metió el brazo y sacó una toalla.

—Será mejor que entres en calor y te seques antes de volver al Club de los Niños —dijo—. ¿Habías quedado a comer con tu papá y tu mamá?

—No —dijo Nim.

—Bien, ¿qué te parece si te traigo algo rico? ¿Qué tal una hamburguesa y un batido? En cuanto comas algo, te sentirás mejor.

—No sé —dijo Nim.

La sonrisa de Kylie se hizo todavía más falsa.

—¡Te pondrás bien, ya lo verás! —gritó desde el pasillo—. ¡Date una ducha si quieres! ¡Te hará entrar en calor!

Después de decir esto, desapareció.

Nim esperó un segundo e intentó abrir la puerta. Pero no pudo.

Nim había vivido siempre en la isla. Había leído que existían cerraduras, pero jamás había visto una. Nunca había sentido lo que era encontrarse dentro de una habitación pequeña sin poder salir de ella. Tiró del picaporte y pateó la puerta con fuerza.

—¡Ay! —aulló, frotándose el pulgar del pie—. ¿Qué hacemos? —preguntó a Fred.

Ahora que Kylie se había marchado, Fred se sentía más valiente. Descendió hasta el suelo desde el hombro de Nim y se puso a explorar. En el diminuto cuarto que había detrás de la puerta descubrió una habitación aún más pequeña, con paredes de cristal y un agujero en el centro. Alex le había hablado de inodoros que se vaciaban solos y de duchas en las que caía el agua como cataratas, todo lo caliente o todo lo fría que uno deseara. Cuando Nim quería lavarse, nadaba en el mar o se metía en el estanque del bosque. Ahora, abrió el grifo y de él salió un chorro de agua tan caliente como la luz del sol.

—¡Estoy dispuesta a probar si tú también te atreves! —le dijo a Fred.

Nim metió primero el brazo bajo el chorro, luego la pierna, y ella y Fred no tardaron en ponerse a saltar de un lado a otro, debajo del agua, por todo el camarote, hasta que el suelo se llenó de charcos y las salpicaduras alcanzaron el techo y las paredes. Fred sentía tanto calor que no podía estarse quieto. Así que trepó a los camastros y se puso a correr por toda la habitación; después, cayó agotado. Nim cerró el grifo, se secó el pelo con la toalla y se sacudió para escurrir mejor la ropa.

Llevaba puestos la camisa azul y los pantalones rojos confeccionados con el material que había llegado en el barco de aprovisionamiento. Estos últimos eran diseño de Jack. Llevaban unos cordones que permitían recoger las perneras y convertir los pantalones en cortos cuando hiciera calor, o para hacerlos largos y lisos cuando uno quería nadar o subirse a los árboles. Tenían montones de bolsillos para meter cosas.

Nim acortó los pantalones porque estaban mojados y goteaban.

Todo lo que había en el cuarto de baño estaba también empapado, al igual que un montón de cosas del camarote, en especial la almohada en la que estaba tumbado Fred cuan largo era.

Se abrió la puerta y entró Kylie con una bandeja repleta de comida. Nada más ver el camarote, se quedó pálida.

—¡Ya veo que te has duchado! —exclamó con una risita forzada—. Seguro que ahora te sientes mucho mejor.

—Un poco —dijo Nim.

—Bueno, pues aquí tengo algo más. Mira todo lo que te he traído: batido, hamburguesa, patatas fritas y, de postre, gelatina, plátano y un chocolate caliente por si aún tienes frío.

—Gracias.

Miró embelesada la comida, como si se preguntase por dónde empezar: el plátano era lo único que reconocía. Cuando Kylie no miraba, se lo metió en el bolsillo.

—Interesantes pantalones cortos —advirtió la mujer—. Creía que eran un traje de buceo.

—Son pantalones de nadar —le explicó Nim.

Levantó el pan de la hamburguesa y vio un apetitoso trozo de lechuga. «¡Otra cosa que conozco!», pensó, pero Fred se lo arrebató y lo engulló de un bocado. Nim no tendría más remedio que probar la comida rara.

El batido se deslizó fresco por su garganta, y después el chocolate caliente volvió a calentársela. Nim probó un poco de la gelatina verde y escurridiza. Le gustó el modo en que se escurría entre los dientes. Comió un puñado de patatas fritas calientes y saladas, y el pepinillo que venía con la hamburguesa. Fred hizo otro tanto. Lo que más le gustó fue la gelatina. A Nim le encantó el chocolate caliente. Y las patatas saladas. Era difícil decidirse.

Kylie se quedó observando cómo Nim y Fred probaban la comida, bocado a bocado.

—Qué modo tan interesante de comer —comentó.

—Es una comida interesante —respondió Nim cortésmente.

De pronto se oyó un leve rugido procedente de algún lugar profundo del barco y el suelo empezó a temblar lenta e ininterrumpidamente bajo los pies de Nim. Las máquinas se habían puesto en marcha. «¡Si no escapo de aquí —pensó Nim—, será demasiado tarde!».

—¿Te encuentras en condiciones de ir al Club de los Niños?

Nim asintió con la cabeza, porque por algún sitio tenía que empezar a buscar a Selkie.

—¿Quieres llevarte eso contigo? Quiero decir, a tu amigo.

Fred corrió hasta el plato, engulló la gelatina que quedaba y se encaramó en el hombro de Nim. Ésta cogió una chaqueta rosa y púrpura. Sospechaba que el disfraz podría serle de utilidad. Se echó la chaqueta encima para tapar a Fred, de modo que éste también pasara desapercibido. Bueno, tapó todo salvo sus ojos observadores y su sonrisa de iguana.

Siguieron a Kylie por el corredor hasta un acuario con un cartel que ponía «CUBIERTA DE LAS PIRAÑAS». Nim sujetó a Fred por la cola para asegurarse de que no se cayera dentro.

Kylie se detuvo y pulsó un botón que había en la pared de enfrente del acuario. Se abrieron unas puertas correderas e hizo entrar a Nim en un espacio pequeño y vacío. Dentro sólo había una esterilla que decía «JUEVES», un espejo en la pared para contemplar sus propias caras de susto y una hilera de botones con un animal en cada uno. Kylie pulsó el botón del armadillo y se cerraron las puertas.

Nim sabía lo que eran los ascensores: Alex le había contado que su casa, un edificio de apartamentos que era la mitad de alto que la Montaña de Fuego, tenía ascensores que la llevaban arriba y abajo siempre que quería. Lo que Nim no sabía era que el ascensor iba a tirar de su estómago hacia abajo mientras lo hacía del resto de su cuerpo hacia arriba. Fred tampoco lo sabía. Se llevó tal sorpresa que estornudó el último bocado de gelatina en pleno cuello de Nim.

—¡Qué asco! —exclamó la niña.

Era la primera cosa del todo cierta que había dicho desde que estaba a bordo.

—Seguro que tus amigos se alegrarán de verte —dijo Kylie cuando se detuvo el ascensor.

Los únicos amigos que Nim había tenido en su vida eran Selkie y Fred, además de Chica, la tortuga marina, y Galileo, el rabihorcado. Pero Chica sólo regresaba a tierra una vez al año, para poner sus huevos, y Galileo sólo era tu amigo si llevabas un pescado en la mano. Así que, por un instante, Nim pensó: «¡Selkie está aquí!».

Pero cuando se abrieron las puertas del ascensor un cartel decía «CUBIERTA ARMADILLO» y en la jaula situada debajo había dos pequeños armadillos hechos una bola.

Kylie giró y Nim la siguió hacia una piscina. Selkie no estaba allí, ni en el estanque que había más allá, y del que brotaba un chorro de agua como el que salía de las rocas en la cueva del Ojo de la Cerradura. Siguieron adelante y dejaron atrás una puerta con el rótulo «ADOLESCENTES TROPPO», y otra que ponía «BEBÉS TROPPO». Kylie abrió la del «CLUB DE LOS NIÑOS».

Había muchos niños allí: unos jugaban ante gigantescos monitores de ordenador y otros charlaban. Algunos eran mayores que Nim, otros más pequeños. Estaban tan amontonados y hacían tanto ruido como una bandada de gaviotas en una playa y, salvo por otra mujer de la compañía Troppo, en cuya camiseta rosa y púrpura ponía «Kristie», eran todo…

«¡Niños! —pensó Nim—. No creía que pudiera haber tantos ni en una ciudad!».

Kylie la empujó con firmeza al interior de la habitación e hizo salir a Kristie a la puerta.

—No está del todo bien de la cabeza —le oyó decir Nim—. No deberían haber permitido que saliera a bucear. ¡Y fíjate en el lagarto que se ha encontrado ahí afuera! Fuimos incapaces de separarlo de ella.

—No te preocupes, el profesor se encargará.

Nim no les prestaba atención.

En los libros que Nim había leído, los niños vivían aventuras juntos. Unas veces eran amigos desde el principio de la historia y otras se peleaban y acababan haciéndose amigos al final. Pero ahora Nim se preguntaba cómo debía comportarse allí, porque ni comprendía qué estaban haciendo los otros ni habían advertido su presencia.

Retrocedió hasta la pared y se quedó observándolos como si fueran una bandada de aves que aún no se hubieran acostumbrado a ella.

Una niña dejó de hacer girar su volante delante de una de las grandes pantallas de ordenador y la miró directamente. Sonrió y Nim intentó devolverle la sonrisa. La niña se acercó a ella.

—Soy Erin. ¿También subiste en el puerto hace dos días? Creía que habíamos sido los únicos.

—Señaló con un dedo hacia un niño algo menor, de pelo oscuro, que estaba montando en una motocicleta rara: no hacía más que dar botes sobre el sillín, pero no lo llevaba a ninguna parte—. Ése es Ben.

Fred sacó la cabeza de debajo de la chaqueta y estornudó.

—¡Mola! —dijo Erin—. ¿Cómo se llama?

De pronto, se vieron rodeadas por un montón de críos. Se apretujaron tanto que Nim apenas podía respirar, y le hacían preguntas a tal velocidad que ninguno se daba cuenta de que no estaba respondiéndoles.

—¿De dónde has sacado eso?

—¿Puedo tocarlo?

—¿Qué es?

—¿Cómo es que el profesor te deja tenerlo?

Fred estornudó de nuevo y todos dieron un brinco hacia atrás. Kristie entró en la habitación y los niños se volvieron hacia ella.

—¡Fíjate en lo que le ha dado el profesor!

—¡Claro! —exclamó Kristie—. ¡Tú debes de ser la hija del profesor!

Nim no comprendía, pero pensó que ésa podía ser la clave para salvar a Selkie.

—¿Por qué no nos hablas un poco de tu pequeño amigo?

—Es una iguana marina —empezó a decir Nim—. Sabe nadar y bucear…

—¿Pero sabe hacer algo más interesante?

—¡Que haga algún truco!

Nim pensó a toda prisa. Fred sabía hacer un montón de cosas. Era capaz de engullir coco tan deprisa que, si hubiese una perla dentro, ni se enteraría. Sabía jugar al *cocofútbol*. Era capaz de hundirse como una piedra hasta el fondo de la cueva del Ojo de la Cerradura. Era capaz de subírsele al hombro y estornudarle en el cogote.

—¡Damas y caballeros! —comenzó a decir, imitando la voz que ponía Alex para contar historias—. Tengo el gusto de presentarles a… ¡Fred!

Fred asomó la cabeza por detrás de la nuca de Nim para ver por qué lo había llamado. Vio a toda la gente que lo observaba y les devolvió la mirada uno a uno.

No era exactamente un número, pero...

—Fred es un campeón sosteniendo la mirada —dijo Nim—. ¡Es capaz de sostener la mirada a cualquiera!

—¡No será a mí! —exclamó un niño pelirrojo. Se acercó más y clavó la vista en Fred. Fred lo miró fijamente a su vez. El niño se acercó aún más. Fred estornudó.

—¡Qué asco! —gritó el niño, reculando de un salto hacia el grupo.

Todos rieron y aplaudieron.

—¡Gracias, Fred! —dijo Nim—. ¿Qué número te apetece hacer ahora?

Fred la miró fijamente. Su boca se abría y se cerraba como si estuviera comiendo.

—No tengo coco —contestó Nim.

Fred acercó más su cara a la de ella y la miró aún más fijamente.

Todo el mundo rompió a reír de nuevo.

—¿De verdad te entiende? —le preguntó una niña con un sombrero en forma de girasol.

—No —saltó Kristie—. Yo estuve en la conferencia del profesor sobre los reptiles y dijo que no entienden.

—¿En serio tiene hambre? —preguntó Erin a Nim.

—Fred siempre tiene hambre —explicó Nim.

Erin echó mano a un plato de fruta que había en una mesa y le tendió unos gajos de mandarina. Fred se los arrebató, empezó a tragárselos… y escupió mandarina masticada hasta el otro extremo de la habitación.

Los niños saltaron, gritaron y rieron. Todos excepto Erin y Ben, que finalmente se había bajado de la moto que botaba, y observaba en silencio.

—Lo siento, Fred —dijo Erin, acercándole un kiwi.

A Fred tampoco le gustaban los kiwis. Varios trozos de papilla verde volaron hasta la otra punta del cuarto y todos se echaron a reír aún más fuerte. Erin parecía a punto de llorar.

—Le gustan las fresas —explicó Nim.

Erin le ofreció una. Fred la engulló… y no la escupió. Todo el mundo aplaudió.

—Fred conoce un montón de trucos más, pero los hace en pareja con una amiga. Necesita ir a ensayar con ella ahora mismo.

Fred se acomodó de nuevo en su hombro y Nim salió andando por la puerta.

«¡Oh, Selkie! —pensó—. ¿Dónde estás?».

4

Jack no se había movido. Seguía sin creerse que Alex pudiera haberse ido y no tenía ni idea de cómo decírselo a Nim.

—Dejaré que disfrute un poco más —decidió, y siguió con la mirada clavada en el mar vacío.

Alex seguía petrificada en su asiento, aferrada al sobre que el piloto le había dado justo antes de subir a bordo. Sabía que contenía la primera copia de su libro, pero todavía no se sentía lista para verlo. Había también una tarjeta de crédito, un pasaporte y un grueso contrato según el cual su apartamento y sus muebles habían sido vendidos. Le había pedido a Delia que se encargara de la gestión, pero le sorprendió que no hubiera incluido ninguna carta explicándole todo lo que había hecho.

Justo cuando recordó que había una carta y que debía de habérsele caído, el pequeño avión rojo se posó con un ligero impacto sobre las olas y atracó junto al muelle de Isla Soleada. Alex se enjugó los ojos y bajó a tierra. Había parado allí durante su viaje en busca de Nim, hacía tres meses. Entonces estaba muy nerviosa. Le daba miedo volar, le daban miedo las multitudes, le daba miedo el mar y aun así había sido emocionante, porque entonces se estaba convirtiendo en una persona nueva. Pero si Nim no quería que se quedara en la isla, no tenía más salida que volver a casa.

Aunque, a juzgar por el contrato que acababa de leer, ya no tenía casa.

«¡A algún lado tendrás que ir!», se dijo a sí misma.

—¿Puede llevarme al aeropuerto de Isla Grande cuando haya repostado? —preguntó al piloto.

Él negó con la cabeza.

—Me temo que mi viejo aparato necesita algo más que combustible después de un viaje tan largo. Habrá que someterlo a una revisión completa antes de que pueda volar a ninguna otra parte.

—¿Y cuando haya terminado?

—Se habrá hecho de noche —respondió el piloto—. ¡Yo no soy un aventurero como usted, Alex Rover! El hidroavión de Isla Soleada no vuela por la noche.

—Muy bien —dijo Alex—. Supongo que tendré que encontrar al piloto que me trajo de Isla Grande la otra vez.

Alex tomó un autobús que llevaba al pequeño aeropuerto.

—Lo siento, señorita —se disculpó el hombre de la oficina de la terminal—. El vuelo del jueves a Isla Grande despegó hace media hora. No hay otro hasta el martes.

—¡Cuatro días! —exclamó Alex—. ¡No puedo esperar tanto!

—Bueno, llega un crucero esta tarde.

—Lo tomaré —dijo Alex.

—Va hasta Nueva York, si le viene bien.

—Me viene bien.

Mientras el empleado le extendía el billete, Alex echó un vistazo en torno a la terminal. En una pequeña librería que tenía justo enfrente vio un anuncio:

¡EL ÚLTIMO LIBRO DE ALEX ROVER
SALE A LA VENTA!
NO SE REVELARÁN DETALLES
DE LA HISTORIA
HASTA LA FECHA DE PUBLICACIÓN:
7 DE JULIO
¡ADQUIÉRALO AQUÍ DENTRO DE MUY POCO!

—¿A nombre de quién pongo el billete? —le preguntó el hombre.

—Al... —Alex miró de nuevo hacia el anuncio y se estremeció—. Alice... Alice Dozer.

Firmó tan deprisa el recibo que el tipo no se fijó en que el nombre no era precisamente el que figuraba en su tarjeta de crédito. Luego se dirigió al muelle a esperar la llegada del barco.

—Es fácil —dijo Nim a Fred—. Lo único que tenemos que hacer es registrar el barco para encontrar a Selkie.

El Club de los Niños estaba en la popa, así que dejaron atrás el ascensor y las largas hileras de camarotes cerrados, y siguieron hasta las escaleras y ascensores de la parte delantera, en la proa.

—¿Subimos o bajamos? —preguntó Nim a Fred.

Fred no supo decirle, pero los botones de animales que había fuera del ascensor indicaban que la del Armadillo era la décima cubierta sobre el agua, y que sólo quedaban tres cubiertas por encima de la que estaban. El siguiente nivel era la cubierta del León Marino.

«¡Ajá!» pensó Nim, y corrió escaleras arriba.

Salieron a la luz brillante del sol y vieron una pequeña piscina, con una roca plana en el centro y una valla alrededor del borde en la que ponía «CUBIERTA DEL LEÓN MARINO».

Dentro no había ninguno.

Nim levantó su caracola y emitió dos notas largas y agudas, capaces de hacer que Selkie acudiera desde el arrecife más distante de la isla, su hogar.

Pero Selkie no apareció. Nim la buscó en la enorme piscina que tenía un largo tobogán que hacía en forma de zigzag, y en la piscina caliente y burbujeante en la que la gente flotaba y holgazaneaba como a Nim le gustaba hacer en su estanque del bosque. Los únicos leones marinos que había eran de plástico, colocados en un gran tablero de ajedrez junto con otras piezas con formas de animales de tamaño natural.

Y más allá del barco, mirara hacia donde mirara, no había más que mar vacío. Su isla estaba muy, muy lejos.

—Aunque la encontremos, ¿cómo vamos a volver a casa? —preguntó a Fred.

Éste la miró fijamente.

—¡Tienes razón! —añadió Nim—. Lo importante es dar con ella; ya pensaremos el modo de escapar cuando estemos todos juntos.

La siguiente cubierta superior era la del Flamenco. Dos aves de color rosa y largas patas permanecían en pie en un estanque poco profundo dentro de una jaula estrecha. Había gente tomándose un refresco en una terraza de mesas blancas; otras personas se divertían lanzándose por el tobogán que desembocaba en la piscina del León Marino. Nim pensó en lo mucho que le gustaría a Selkie tirarse por allí. Fred le hizo cosquillas debajo de la barbilla para indicarle que a él también le gustaría probar.

Arriba, en lo más alto del barco, sólo había media cubierta. Allí la gente, vestida con pantalones cortos, hacía ejercicio corriendo alrededor de un aviario con águilas.

—Así que ahora nos toca bajar —dijo Nim.

Decidió usar el ascensor y, aunque su estómago volvió a protestar, la cosa no fue tan desagradable porque sabía lo que iba a suceder.

Descendieron más allá de la cubierta del Armadillo, donde estaba el Club de los Niños, y se bajaron en la cubierta del Tucán. Tenía un pasillo que daba al exterior, donde la gente se acodaba en las barandillas para mirar el mar. Por dentro estaba llena de camarotes, separados por un corredor central.

En todos los descansillos de cada cubierta había una jaula con los animales que le daban nombre. Después de la cubierta del Tucán, bajaron a la de la Chinchilla, y luego a la del Loro. Pero lo que entristeció y repugnó más a Nim fue la jaula que encerraba a seis asustadas crías de mono araña.

En cada una de las bandas de la cubierta del Mono había una hilera de botes salvavidas colgados de fuertes estructuras de acero y cubiertos cada uno con una lona, como una especie de pequeño tejado. La mayoría eran lo suficientemente grandes para llevar a montones de pasajeros, pero en medio de todos había una pequeña motora hinchable, como la que recogió a Nim esa mañana. Exactamente como la que había secuestrado a Selkie.

Nim sopló de nuevo su caracola, fuerte y claro, cerca del bote que estaba a su lado, y, de nuevo, debajo del que había al otro lado del barco.

No hubo respuesta, ni el menor sonido o bufido.

Nim bajó hasta la cubierta de la Mariposa, que estaba llena de tiendas y, sobre todo, de gente. Hombres y mujeres, viejos y jóvenes, gordos y delgados, calvos y con pelo, en bañador y con uniformes blancos, en pantalón corto y camiseta y con largos vestidos de seda. «¡Gente, gente, gente!», pensó Nim. Era como estar en medio de una manada de leones marinos tomando el sol, sólo que más ruidosos.

Abrió la puerta que daba a una biblioteca llena de libros y muy silenciosa, pero no podía esconderse allí hasta que hubiera encontrado a Selkie. Detrás de otra puerta, en medio de una habitación llena de gente sonriente, una mujer con un vestido largo y blanco y flores en el pelo caminaba hacia un hombre que parecía estar al borde de las lágrimas de pura felicidad.

«¡Una boda! —pensó Nim—. ¡Estoy viendo una boda de verdad!».

Ella también tenía ganas de llorar, pero no de felicidad.

Nim y Fred buscaron en cafés y restaurantes, salones de belleza y peluquerías, tiendas de ropa, de deportes y jugueterías. En la siguiente cubierta vieron a un puma, que rugía mientras recorría su estrecha jaula en una sala repleta de luces brillantes y terciopelo rojo. Buscaron en salones de videojuegos, bares con piano y cines. Estaban de nuevo en la cubierta por la que habían subido al buque, pero seguían sin encontrar la menor pista de Selkie.

Fred frotó su espinosa espalda en el cuello de Nim.

—¡Tienes razón! —dijo ella—. La encontraremos. Sólo tenemos que seguir buscando.

Nim corrió escaleras abajo, dejando atrás la cubierta de la Piraña, donde estaba el camarote de Kylie, hasta la planta inferior.

No había nadie. El retumbar de los motores resultaba más audible y el golpeteo que percibía bajo sus pies era más fuerte. Había un olor que le recordaba al del hidroavión. Y, en lugar de un dibujo de un animal al pie de las escaleras, había un cartel:

¡SÓLO TRIPULACIÓN!
¡PROHIBIDO EL PASO A LOS PASAJEROS!

Nim se puso la chaqueta de la Troppo. Por una puerta apareció un hombre vestido con un mono gris.

—¿Qué haces aquí? —quiso saber.

—Yo... llevo a éste con el profesor —le explicó Nim, señalando a Fred subido a su hombro.

—Su puerta es la que está a tu espalda.

—¡Gracias! —contestó, rogando para que no pudiera oír cómo le latía el corazón, ya que lo hacía tan fuerte como el suelo de acero bajo sus pies. Se volvió hacia la puerta en la que ponía:

FUNDACIÓN PARA LA INVESTIGACIÓN
DE ANIMALES INTELIGENTES,
RAROS E INTERESANTES.
¡PELIGRO: NO ENTRAR!

5

El cuarto estaba lleno de jaulas y olores tristes. Había loros, pájaros cantores, lagartos, monos araña, un tanque con peces tropicales… y allí estaba Selkie, tumbada en una jaula, junto a una vieja bañera llena de agua sucia de mar.

Nim atravesó la habitación a la carrera, abrió de golpe la puerta de la jaula y se lanzó sobre la leona marina, abrazándola y besándola, frotándole la cabeza y haciéndole cosquillas en los bigotes. Selkie resopló y abrió los ojos.

—Todo va bien, Selkie —susurró Nim—. He venido a…

Antes de que pudiera completar la frase una voz profunda tronó:

—¡Eh! ¿Qué estás haciendo aquí?

Nim levantó la vista hacia un hombre alto y de tez pálida, con ojos azules como de acero. Nim no lo reconoció, pero Jack sí lo habría hecho, y también Alex. El profesor era el mismo que estaba a bordo del barco de la Troppo que había asustado a la ballena en la que investigaba la madre de Nim, haciéndola hundirse hasta el fondo del mar, y el que había abandonado a Alex y su diminuta embarcación cuando Jack había desaparecido en el mar y Alex había acudido al rescate de Nim.

Pero lo único que le importaba a Nim era que se trataba de la persona que había secuestrado a Selkie. Estaba tan enfadada como la Montaña de Fuego antes de una erupción.

También sabía que jamás conseguiría sacar a Selkie de allí si dejaba escapar toda aquella furia.

—¿Es usted el profesor? —preguntó.

Él asintió con la cabeza.

—¿Cómo has llegado hasta aquí?

—Quiero trabajar con los animales —dijo Nim.

El profesor se echó a reír.

—Deja que lo adivine: tu mamá pertenece a la tripulación, te subió a bordo a escondidas y te aburres.

Nim asintió como si acabara de descubrir su secreto.

—¿Cómo se llama tu madre?

—Alex —dijo Nim, y entonces se sintió aún peor. Su madre se llamaba Joni.

—¿Y a ella le parecerá una buena idea que andes husmeando por aquí abajo?

—Sabe que me interesa aprender cosas sobre los animales —dijo Nim apresuradamente—. Y… y se me ocurrió que a usted le gustaría ver a esta iguana marina.

Fred le dirigió una mirada aviesa.

—Es la cosa más fea que he visto en mi vida. Por fortuna, hay gente a la que le gusta lo feo. Busca una jaula vacía y métela dentro.

Fred se enroscó con más fuerza alrededor del cuello de Nim.

—¡No voy a meterla en una jaula! —chilló Nim—. ¡Los animales no deben estar enjaulados!

La voz del profesor parecía de hielo.

—La Fundación para la Investigación de Animales Inteligentes, Raros e Interesantes ayuda a animales de todo el mundo. Los más inteligentes, raros o interesantes acaban en casas de millonarios… Quiero decir, son reasignados a entornos apropiados… cuando concluye el crucero.

—Pero esta iguana podría aprender a ser incluso más inteligente, rara e interesante si se queda conmigo.

El profesor se encogió de hombros.

—Haz lo que quieras, siempre que recuerdes que todos los animales que hay a bordo de este buque son propiedad de la Fundación. Pero si quieres domesticarla, supongo que puedo permitírtelo.

—Ya hemos dejado con la boca abierta a los niños del Club.

Él se echó a reír con un sonido agudo.

—Así que te ves como una profesora en potencia, ¿eh? ¿Crees que puedes quitarme el puesto y dar conferencias sobre animales a los pasajeros?

—No, no. ¡Por supuesto que no! Fue sólo un pequeño espectáculo para los niños. Pero podría ayudarle… He trabajado también con leones de mar. Seguro que podría enseñarle a ésa de ahí toda clase de números.

—Esa leona marina —dijo el profesor— es una bestia con malas pulgas. Intentó morderme cuando la rescaté. Ya se mostrará más complaciente después de algunos días sin comer.

Nim sintió como si alguien le hubiera estrellado un coco con todas sus fuerzas en el estómago. Respiró hondo. «¡Piensa, piensa! —se dijo a sí misma—. ¡Lo único que importa es ayudar a Selkie!».

—Leona marina —clamó hacia la jaula—, tu nombre es… ¡Selkie! ¡Selkie, sal de ahí!

—¡Ni se te ocurra hacer eso! —aulló el profesor apartándose del camino de Selkie de un salto.

—¡Selkie! —la llamó Nim.

El profesor cogió un largo látigo que había en una esquina de la habitación.

Nim miró enfurecida a su alrededor. No había dónde ocultarla.

—¡No le pegue! —chilló poniéndose delante de su amiga—. De un modo u otro saldremos de ésta —susurró a Selkie—. Tú haz lo que yo te diga, aunque te parezca estúpido.

—Aléjate de ella —gruñó el profesor.

Nim lo ignoró.

—Selkie, ¡haz el pino!

Selkie se alzó sobre sus aletas delanteras y ejecutó su mejor pino.

«Y, ahora, ¿qué?», pensó Nim desesperada.

Fred corrió hasta Selkie y se enrolló hasta hacerse una bola.

—¡Oh, Fred! —exclamó Nim.

Fred se apretó aún más.

—Selkie —dijo Nim—. ¡Fútbol!

Selkie se quedó pensando con la cabeza ladeada, como hacía cuando las cosas se ponían complicadas. Nim siempre le regañaba si pateaba a Fred en vez de al coco mientras jugaban al fútbol. Y Fred siempre se ponía de mal humor.

—¡Fútbol! —repitió Nim.

Selkie levantó por los aires a Fred con la nariz y se lo lanzó limpiamente a Nim. Fred se enroscó de nuevo en torno al cuello de su amiga.

—¡Gracias! —dijo Nim—. Ahora, dame un beso.

Selkie anadeó hasta ella y le dio un beso con sus bigotes en la mejilla.

Al profesor se le pusieron los ojos como platos de la sorpresa. Sonrió bajando el látigo.

—De acuerdo, puedes ayudar.

6

Jack permaneció sentado en la roca de Selkie hasta que su sombra se extendió a lo largo de la playa, pero el hidroavión rojo no regresó, y Nim tampoco.

—¡Nim! —gritó mientras caminaba de vuelta a casa, hacia la nueva cabaña que habían construido entre los tres después de que la anterior se la hubiera llevado por delante aquella terrible tormenta—. ¡Nim! ¡A cenar!

La única respuesta fue el trompeteo de un león marino. Jack no supo si provenía o no de Selkie.

—¡Nim! —llamó de nuevo—. ¡Nim!

No estaba en la cabaña. Ni en la Playa de la Tortuga ni en la de las Conchas. Ni en el estanque del bosque ni en el huerto, ni en la Punta del León Marino de la Cala del Ojo de la Cerradura.

«¡Sabe que Alex se ha marchado! —pensó Jack—. No quiere ni verme, porque de algún modo he hecho que ella se vaya. ¡Pobre Nim!».

Jack trepó hasta la Cueva de la Tormenta, porque pensó que quizá su hija se hubiera escondido allí si de verdad no quería verlo.

Había huellas frescas en el suelo, pero Nim no estaba. En ese momento empezó a preocuparse.

Alex había pasado tanto tiempo en la sala de espera de Isla Soleada que el mar que se veía por la ventana se había vuelto negro. De repente, el barco entró en la bahía con sus luces destellando como las del castillo de un cuento de hadas.

Pero no le interesaban los cuentos de hadas. Lo único que quería era encontrar su camarote, cerrar la puerta con llave y no salir hasta llegar a la otra punta del mundo.

No había ninguna abertura al exterior en el camarote de los animales, pero Nim sintió que los motores se apagaban y que el buque chocaba con suavidad contra un muelle.

«¡Ahora podemos escapar!», pensó Nim, rascándole la cabeza a Selkie como diciéndole que se fuera preparando. Fred estaba acurrucado en su hombro, exhausto después de un día tan agitado.

—Muy bien, niña —dijo el profesor—. Es el momento de devolver a su jaula a esa leona marina.

—Pero…

El profesor apuntó a Nim con el látigo.

—Vamos a dejar las cosas claras. Permitiré que me ayudes con los animales porque soy así de generoso. Pero si no haces exactamente lo que diga y cuando lo diga, tendré que contarle al capitán que tu madre ha subido una polizona a bordo. Se lo dirá a la policía y Alex y tú iréis a la cárcel.

Nim asintió con la cabeza. Dio a Selkie un fuerte abrazo y sintió que era la segunda peor cosa que había hecho en su vida.

Selkie se deslizó al interior de su jaula.

—Ahora, lárgate. No quiero que tu madre husmee por aquí en tu busca.

—¡Jamás haría algo así! —balbuceó Nim, aunque no hubiera sabido decir si estaba defendiendo a su madre o a Alex.

El profesor se echó a reír, la empujó afuera y cerró la puerta con llave.

Nim no pudo más que caminar por el corredor y subir las escaleras como si supiera adónde iba.

—Fred —susurró, cuando estuvieron solos—. ¿Qué vamos a hacer ahora?

Fred puso cara de hambre, lo que no fue de gran ayuda.

Nim montó en el ascensor y volvió al Club de los Niños. No había nadie. Junto a Fred, se arrebujó en un asiento para compartir el plátano que se había guardado en el bolsillo. Había visto a dos mujeres limpiando el salón de los Bebés Troppo, en la puerta de al lado. Sabía que si entraba allí le dirían que se fuera a su camarote. Incluso con Fred en el hombro, se sentía sola, pequeña y muy, muy asustada. Tenía que encontrar algún lugar seguro donde dormir.

Una botella vacía de una bebida refrescante rodó desde debajo de una silla.

Nim recordó que ella y Jack siempre comprobaban si había algún mensaje en las botellas que traía la marea.

«Podría haber algún mensaje dentro», decía siempre Jack.

Nunca habían encontrado nada, pero les gustaba imaginar que algún día podría llegar alguno.

Había papel y lápices sobre una mesa. Nim abrió la puerta un poco y echó un vistazo: las mujeres seguían fregando el suelo en el salón de los Bebés Troppo. Disponía quizá de un minuto antes de que la encontraran.

Querido Jack:

La Troppo Tourist ha secuestrado a Selkie. Fred y yo vamos también a bordo del barco. Rescataremos

*a Selkie en cuanto podamos, pero esta noche está
enjaulada.
Siento mucho, mucho, haber hecho
que Alex se marchara.
Te quiero (tanto como Selkie quiere a
los peces),*

Nim

Nim descendió por las escaleras hasta la siguiente cubierta, caminó por un pasillo que rodeaba el barco y bajó a la siguiente, y a la siguiente, porque no sabía adónde ir o qué otra cosa hacer. Podía ver las luces del puerto y las casas que había más allá, como si todo el mundo hubiera puesto una vela en la ventana. Parecía una escena de un cuento de hadas. Había más gente mirando, apoyada en las barandillas y charlando. Algunos sonrieron y le dijeron hola, pero Nim siguió caminando hasta el otro extremo del barco. No había nadie allí, porque no había nada que ver que no fuera el mar oscuro y vacío, ni nada que hacer a menos que uno fuera una chica solitaria que quisiera lanzar su mensaje en una botella lo más lejos posible, hacia la oscuridad, con la esperanza de que las olas la arrastraran flotando hasta Jack.

Bajó más escaleras, hasta la cubierta del Mono, donde estaban los botes salvavidas. Se detuvo debajo de la embarcación hinchable más pequeña.

—Sujétate bien, Fred —dijo Nim.

Balanceándose cabeza abajo como una ágil monita, Nim trepó por el soporte hasta el bote, soltó un extremo de la lona protectora y se deslizó al interior. Luego, sacó cuatro chalecos salvavidas para usarlos como colchón y almohada y se hizo un ovillo.

Fred se durmió de inmediato, pero Nim no podía quitarse de la cabeza la imagen de Selkie encerrada en su jaula, ni la de Alex alejándose en el hidroavión, ni la de Jack regresando feliz tras haber descargado sus paneles solares para descubrir que Alex se había marchado. No sabía cómo iba a hacer para salvar a Selkie, ni dónde acabarían todos, ni cómo iban a vivir a bordo del barco.

Por primera vez desde que era un bebé, Nim se durmió llorando.

Estaba tan cansada, y la lona protectora la resguardaba tan bien de la luz del sol, que no se despertó hasta mucho después de amanecer, cuando el barco navegaba de nuevo.

Abrió los ojos, se asomó rápidamente por encima del bote salvavidas y se escondió a toda prisa, porque vio a un chico salir del camarote que tenía delante. Se puso cómoda y esperó. Fred tenía cara de hambre, así que hurgó en sus bolsillos a ver qué llevaba encima: un lápiz y un bloc de notas empapado, una piedra verde, cinco anillas para las aves que visitaban la isla, una taza pequeña de bambú, hilachas de algas... y el mapa que le había dibujado Alex.

Dio a Fred las algas y, con mucho cuidado, extendió el mapa de Alex. Estaba roto por los pliegues y un poco emborronado.

«Te encerrarán hasta llegar a Nueva York», había dicho Kylie cuando sacaron a Nim del mar. Nueva York era donde vivía la editora de Alex, la única persona del mundo que sabría dónde dar con ella.

—¡Oh, Fred, vamos a rescatar a Selkie, a encontrar a Alex y a reunirnos todos de nuevo! —susurró—. Lo único que tenemos que hacer es permanecer en el barco hasta el final del viaje y procurar que no nos pillen.

Entonces, se oyó un golpe, y otro, y un niño se coló en el bote de Nim.

7

Nim y el niño se quedaron mirándose.

Fred y el niño se quedaron mirándose.

—¡Ben! —se oyó decir a una niña—. ¿Qué estás haciendo?

Ben no respondió.

—¡Voy a subir yo también!

El bote de Nim se balanceó y Erin entró en él.

—¡No hagas ruido! —siseó Ben—. Es una polizona.

—¡Creía que eras la hija del profesor!

—No pretendía viajar de polizona, pero el profesor secuestró a Selkie —dijo Nim.

—¡Un secuestro! —susurraron al unísono Erin y Ben, acercándose en cuclillas hasta ella, en el fondo del bote salvavidas.

«¡Nunca tendría que habérselo dicho! —pensó Nim—. Ahora Selkie se quedará encerrada en su jaula para siempre».

—¿Quién es Selkie? —preguntó Erin.

—¿Cómo piensas rescatarla tú sola? —preguntó intrigado Ben.

Así que Nim les contó su historia. A Erin y Ben les resultaba difícil de creer, pero sabían que era la verdad.

—¡Te ayudaremos! —exclamó Erin.

—No va a ser fácil —respondió Nim—. Tenemos que idear un plan.

—Pero antes necesitamos desayunar, todos —aseguró Ben.

Fred levantó la cabeza y se quedó mirándolo. Ben le caía bien.

—Sal tú primero, Ben —dijo Erin—. A nadie le sorprende verte aparecer en los sitios más raros.

Tras un rápido vistazo desde la borda, Ben saltó al exterior. Un segundo después, dio dos golpes en el armazón de metal para indicar que no había moros en la costa. Esta vez bajó Erin. Al cabo de un rato, se oyeron dos golpes más y Nim salió también.

Erin la estaba esperando delante de la puerta abierta de su camarote. Nim vio cómo un hombre y una mujer desaparecían escaleras abajo junto con dos niñas pequeñas y Ben.

—¡Entra, deprisa! —susurró Erin.

Aquel camarote era más grande y elegante que el de Kylie. Tenía dos camas, dos mesillas y lámparas, una mesa y un armario.

—Éste es el camarote de Ben y mío. Mamá, papá y las gemelas ocupan el de al lado, pero han bajado a desayunar, así que no hay peligro —dijo Erin y abrió el armario—. Tengo algo de ropa para ti.

—¡Ya tengo ropa! —respondió Nim.

—Tus pantalones cortos son estupendos —declaró Erin—, pero si quieres pasar desapercibida en el barco tendrás que ir como los demás niños.

Nim pensó que Erin tenía razón. Ponerse un disfraz era más importante que empeñarse en vestir su propia ropa.

En el cuarto de baño, Erin entregó a Nim una bolsa con un cepillo de dientes, un diminuto tubo de pasta dental y un peine.

—Esto nos lo dieron en el avión. Reúnete con nosotros en el Club de los Niños en cuanto hayas hecho una visita a Selkie. Te llevaremos el desayuno.

Erin echó a correr para alcanzar a su familia y Nim se dio una ducha. Esta vez cerró la mampara para que Fred no pudiera salir corriendo y así no salpicaron tanta agua al suelo. Colgó la toalla donde le había dicho Erin, se puso su nueva ropa y salió a hurtadillas del camarote. Sus sandalias de goma producían un curioso «flip-flop» musical.

La sala de los animales seguía cerrada con llave. Nim se sentó delante de la puerta, llamando a Selkie a través de la hendidura, pero no alcanzó a oír bufidos de leona marina al otro lado. Finalmente, llegó el profesor para abrirla, bostezando y refunfuñando.

Selkie estaba erguida en su jaula, con expresión de enfado y aburrimiento. Nim corrió hacia ella.

—¡Jamás abraces a los animales! —gruñó el profesor.

—¡Pero si así les ayudo a aprender sus números! —dijo Nim.

El profesor bufó.

—¿Qué crees que serías capaz de enseñarles?

—Seguro que la leona marina podría coger peces al vuelo —dijo Nim.

Selkie ladró con asentimiento.

Nim lanzó dos pescados al aire y Selkie los atrapó.

—Es suficiente —exclamó el profesor con voz cortante—. Tiene que estar hambrienta para aprender a hacer algo más interesante.

—Podría hacer números mucho mejores si estuviera en el agua —explicó Nim.

El profesor señaló la bañera.

—¡Eso no es bastante grande!

Pero Selkie se deslizó al interior, ya que si se revolcaba dentro, al menos podría refrescarse.

—¡Lo que está es demasiado gorda! —se burló el profesor.

Selkie le dirigió una mirada aviesa y salió de la bañera. Entonces, Fred bajó del hombro de Nim y se metió en la poca agua que quedaba en busca de algas.

Nim lanzó un pescado al interior de la bañera. Fred no comía peces, de modo que lo tiró por encima del borde hacia Selkie. Ésta abrió la boca y el pescado desapareció.

—Si tuvieran una piscina para practicar podría enseñarles números increíbles —dijo Nim.

—Hum... —masculló el profesor.

A Nim le hubiera gustado saber qué quería decir con eso. Menos mal que le dejó darle a Selkie el resto del pescado como desayuno. También repartió semillas a los pájaros y fruta a los monos y lagartos, pero la mayoría de los animales se acurrucaban al fondo de sus jaulas, muy asustados para comer.

Fred se aferraba con fuerza al hombro de Nim. Temía que pudieran encerrarlo y ni siquiera intentó robar la comida a los lagartos enjaulados.

Selkie permanecía pegada a Nim, bufando con preocupación. También ella tenía miedo de que la encerraran de nuevo, pero le asustaba más lo que el hombre malvado pudiera hacer a su amiga.

Así que cuando el profesor ordenó a Selkie que volviera a su jaula y a Nim que saliera de la habitación, Selkie no protestó para que Nim no se preocupara, y Nim no lloró para no preocupar a Selkie. Fred se limitó a esperar hasta que el profesor se hubo marchado en dirección contraria, con la llave en el bolsillo, y después estornudó con todas sus fuerzas.

Tras la gris desdicha del cuarto de los animales, el Club de los Niños parecía un sueño extraño, con demasiadas luces y demasiados colores, demasiado ruido y demasiados niños.

—Vamos —le dijo Erin—. Salgamos.

Corrieron escaleras arriba hasta la cubierta del León Marino.

—¡Es el lugar perfecto para planear el rescate de una leona marina! —exclamó Ben.

Era difícil no sentirse un poquito más contenta mientras holgazaneaban en las tumbonas de cubierta junto a la gran piscina, mirando hacia el mar, que estaba de un color azul profundo. Erin ofreció a Nim un sándwich de pan blanco con mantequilla de cacahuete. La mantequilla de cacahuete era pegajosa, pero una vez que probó los primeros bocados, le gustó. Ben llevaba en el bolsillo un plátano con algunas magulladuras, y un trozo de sandía totalmente aplastado. A Fred le encantaba la sandía chafada. Y mientras comían y charlaban, su plan fue tomando cada vez más y más forma.

Alex no tenía ningún plan.

Una joven que llevaba en la solapa una tarjeta con el nombre de Virginia llamó a la puerta. Venía a ofrecerle un vaso de zumo.

—Soy su camarera en este viaje, señorita Dozer, ¿hay algo que pueda hacer para ayudarle a sentirse cómoda?

—¿Podría decir que me traigan todas las comidas al camarote, por favor?

—¡Por supuesto! —asintió Virginia—. Pero espero que no tarde en encontrarse mejor para salir y hacer algunas cosas. El profesor dará una conferencia sobre los monos araña esta tarde. Pobres bichos… En fin, el profesor dice que no les importa estar lejos de sus madres y él es el experto. Quizá se encuentre en condiciones para asistir a la charla.

—Quizá —dijo Alex. Entonces, recordó que llevaba dos días y una noche con la misma camiseta azul y los mismos pantalones rojos puestos—. ¿Hay algún lugar en el barco donde pueda comprar algo de ropa?

Virginia sonrió.

—Ropa, joyas, equipo deportivo... ¡tenemos absolutamente de todo! —Tendió a Alex una guía telefónica que había sobre la mesa—. ¿Sabe que hay una señora mayor que vive en el barco? Dice que no piensa bajar nunca más a tierra porque el barco tiene lo mismo que una ciudad. Estoy segura de que usted podrá encontrar algo que le guste.

Alex hojeó la guía y telefoneó a la tienda Troppo de ropa informal de mujer para encargar varios pares de pantalones cortos y camisetas.

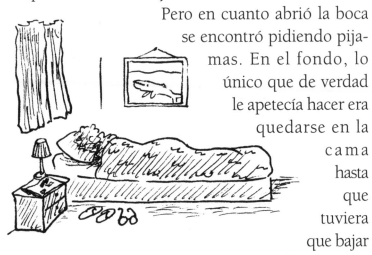

Pero en cuanto abrió la boca se encontró pidiendo pijamas. En el fondo, lo único que de verdad le apetecía hacer era quedarse en la cama hasta que tuviera que bajar del barco. Bueno, tal vez hiciera como la anciana y se quedara el resto de su vida a bordo.

Jack había pasado toda la noche buscando a Nim sin descanso desde una punta de la isla hasta la otra.

Cuando salió el sol estaba en lo alto de la Montaña de Fuego.

Debajo de él se extendían los Acantilados del Rabihorcado, la arena clara de la Playa de la Tortuga, la Punta del León Marino y la Cala del Ojo de la Cerradura. Y, por último, las ásperas rocas de lava negra, entre las que se ocultaba la Cueva de la Tormenta.

Pero por mucho que oteara cerca y lejos con los binoculares, no veía ningún rastro de Nim.

—No está en la isla —admitió finalmente Jack—. Y Selkie jamás dejaría que cayera al mar y se ahogase. Tiene que estar con Alex.

Tenía la imagen de la partida del hidroavión grabada a fuego en la cabeza, pero cuando intentaba recordar si había visto el pelo ensortijado de Nim tras la cabeza dorada de Alex, unas veces creía verlo y otras no.

Jack estaba enfadado porque se habían marchado sin decirle nada. Temía por Nim porque nunca había pisado una ciudad, aunque no correría ningún riesgo con Alex. Pero, por encima de todo, se sentía triste porque se había quedado solo en la isla y ellas estarían en algún otro lugar sin él. Y, en realidad, deberían encontrarse todos juntos.

—No me queda más remedio, tengo que ir a buscarlas —dijo Jack.

El problema era que no tenía la menor idea de dónde podría encontrarlas.

8

Hacía doce semanas que una tormenta se había llevado la embarcación de Jack. La misma tormenta que había traído a Alex hasta la isla. La barca no regresó y Jack no había construido todavía una nueva.

Tendría que tomar el hidroavión, igual que Alex y Nim. Con un poco de suerte, cuando llegara a la isla sabría adónde dirigirse.

Jack corrió, patinó y se escurrió por la ladera de la Montaña de Fuego hasta llegar a la cabaña. Encendió el ordenador y abrió su correo electrónico por si había un mensaje de Alex. A la vista de que no era así, le escribió.

De: jack.rusoe@explorer.net
Para: aka@incognito.net
Fecha: Viernes 2 de julio, 7:03
Asunto: ¿Dónde estás?

Querida Alex:
 ¿Por qué te has marchado?
 ¿Por qué te has llevado a Nim sin decírmelo?
 Por favor, transmítele el siguiente mensaje.

Querida Nim:
 Quédate con Alex; voy a por vosotras.
 Te quiere,

           Jack

 Luego, para asegurarse de que Nim supiera que
hablaba en serio, añadió:

 (tanto como Selkie adora el océano)

 A continuación escribió:

De: jack.rusoe@explorer.net
Para: delia.defoe@papyruspublishing.com
Fecha: Viernes 2 de julio, 7:05
Asunto: Alex Rover

Querida Delia:

Alex ha desaparecido. Se ha llevado a Nim. ¿Sabes dónde ha podido ir?

Afectuosamente,

Jack Rusoe

Por último, escribió:

De: jack.rusoe@explorer.net
Para: seaplane@sunshineisland.com
Fecha: Viernes 2 de julio, 7:08
Asunto: ¡Emergencia!

Por favor, regrese a la isla a la que transportó provisiones esta mañana. Tengo que partir de inmediato. Es urgente.

Jack Rusoe

El ordenador parpadeó antes de que le diera tiempo a levantarse.

De: delia.defoe@papyruspublishing.com
Para: jack.rusoe@explorer.net
Fecha: Viernes 2 de julio, 7:09
Asunto: Re: Alex Rover

Gracias por su correo. En este momento estoy fuera de la oficina ultimando los preparativos para el lanzamiento del próximo libro de Alex Rover el 7 de julio. ¡La espera habrá valido la pena, se lo aseguro!

Como podrá imaginarse, ando muy ocupada y se me acumulan los mensajes, pero intentaré responder en el plazo de diez a quince días laborables.

Un saludo,

Delia Defoe

—¡De diez a quince días laborables! —gritó Jack—. ¡No puedo esperar tanto tiempo!

El ordenador volvió a avisarle.

De: seaplane@sunshineisland.com
Para: jack.rusoe@explorer.net
Fecha: Viernes 2 de julio, 7:10
Asunto: ¡Estoy de vacaciones!

Me marcho de vacaciones, así que el servicio de hidroavión de Isla Soleada permanecerá cerrado desde la tarde del jueves 1 de julio hasta el lunes 30 de agosto. Espero que esto no les cause molestia alguna.

Ésta es una respuesta automatizada. Este buzón no será examinado hasta el lunes 30 de agosto. ¡Feliz viaje!

Sam

Sunshine Island Seaplane

—Y, ahora, ¿cómo viajo yo? —bramó Jack—. ¡Y ME SIENTO FATAL! —añadió mientras escribía «Troppo Tourist» en el buscador.

Jack pensaba que su isla era la más hermosa de todo el mundo, con aves y animales felices y en libertad. Había intentado ocultársela a la empresa Troppo, porque sabía que como llegaran a descubrir su encanto dejaría de ser la isla más hermosa del mundo.

Pero, y ésa era la cuestión, Jack amaba a Nim más de lo que odiaba a los de la Troppo. Y dado que una vez habían traído a Alex buena parte del camino desde Isla Soleada, quizá pudieran ahora llevarlo hasta ella.

En la pantalla apareció:

¡ADIÓS A LOS CHARTERS MODESTOS!
¡BIENVENIDO A LOS CRUCEROS DE LUJO!

Troppo Tourist ha dicho adiós al viejo barco en el que usted pasó tantas penalidades. ¿Por qué planear su viaje cuando podemos hacerlo nosotros por usted?

Recuerde: ¡si merece la pena verlo,
Troppo Tourist lo llevará hasta allí!
¡Suba a bordo de nuestro nuevo
transatlántico para cruceros de lujo!
Haga clic aquí para ver las fechas y horarios.

Jack no se molestó en leer más. Desconectó el ordenador.

—¡Cruceros de lujo! —farfulló mientras retiraba las esteras para dormir junto a la única pared que no tenía ni puerta ni ventana.

Estaba construida con fuertes tallos de bambú, atados firmemente entre sí. Jack cogió el hacha de detrás de la cabaña.

—¡Brindo por los viajes felices! —gritó, cortando un cuadrado de pared del tamaño de una balsa. Clavó una manta para cubrir el agujero y mantener fuera el polvo y los pájaros, y cubrió el ordenador y su material de investigación científica con una bolsa vacía—. ¡Tendrá que bastar con eso!

Con un grueso cabo de cuerda arrastró su balsa a través de la arena hasta la Playa de las Conchas. Cuando terminó, estaba acalorado, cansado y sediento, pero sólo se detuvo el tiempo justo para abrir un coco y beberse la leche. Se le hacía extraño no ver allí a Fred suplicando por la pulpa del coco...

«¡Fred puede estar en este momento a bordo de un avión!», pensó Jack, y casi sonrió mientras corría colina arriba hasta el bosque de la meseta.

Jack encontró dos fuertes y delgados tallos de bambú del tamaño justo para servir como mástil y verga, los cortó y regresó corriendo a la playa. Allí ató la verga al mástil, hizo un agujero limpio en el centro de la balsa y después, con alambres, cuerda y trozos de bambú, fijó el mástil en su sitio.

—Al menos la navegación será fácil —dijo Jack.

Sacó una bolsa que había descargado del hidroavión el día antes. En ella había una vela para el barco que había pensado construir. Era una vela perfecta, limpia y blanca, ligera y lo bastante sólida para sacar partido de cualquier viento, pero era demasiado larga y demasiado ancha para aquella balsa improvisada.

Jack jamás había tenido antes una vela nueva. Sacó su navaja gruesa y roja, cortó un recuadro grande de la vela y la fijó al mástil.

Miró hacia el amplio mar y después hacia la balsa con su pequeña vela. No parecía muy resistente.

Empaquetó seis cocos, una muda de pantalones y camisa y su cepillo de dientes en la bolsa de la vela, se metió la brújula en un bolsillo, su libro de notas y su pluma en otro y cogió dos aparejos de pesca, dos grandes recipientes de agua y unos cuantos plátanos.

Por último, abrió una caja de metal. Llevaba mucho, mucho tiempo sin abrirla, pero seguían en ella su cartera y su pasaporte, limpios y secos. Jack se los guardó en su bolsillo de seguridad, uno que tenía bien escondido, con un cordón para poder cerrarlo, y salió de la cabaña.

—¿Conoces a Alex Rover? —preguntó Nim a Erin aprovechando que Ben había ido a comprar un helado, porque hay cosas que son más fáciles de decir a una persona que a dos.

—¿Alex Rover? ¿La escritora famosa?

—Es amiga mía —confesó Nim—. Y de mi padre. Pero me porté mal con ella y con él, y se ha marchado.

—Todo el mundo se porta mal a veces —la consoló Erin, aunque Nim estaba convencida de que Erin jamás podría ser tan mezquina como había sido ella.

—Mi padre debe de estar preocupado por si no vuelve nunca —añadió Nim—. Y puede que esté preocupado por mí también. O... quizá se alegre de que me haya ido.

—Seguro que no se alegra —contestó Erin.

—Ojalá pudiera decirle dónde estoy —suspiró Nim.

—Podrías mandarle un correo electrónico desde la sala de ordenadores.

—Pero te tiene que apuntar tu padre para poder usarlos —explicó Ben, tendiéndoles un cucurucho de helado a cada una.

—Escribe el mensaje y la dirección —dijo Erin— y lo mandaré yo.

—Gracias —contestó Nim—. ¡Uf! No sabía que el helado estuviera tan frío.

De: erin@kidmail.com
Para: jack.rusoe@explorer.net
Fecha: Viernes 2 de julio, 11:05
Asunto: ¡No te preocupes!

Querido Jack:
Mi amiga Erin te envía esto porque no puedo utilizar los ordenadores si no me das permiso tú.

Espero que te llegara mi mensaje en una botella. Estoy en el barco de la Troppo en ruta a Nueva York.

Tenemos un plan, pero no quiero ponerlo por escrito, no vaya a ser que alguien vea esta nota mientras Erin está escribiéndola.

Esta mañana limpié tres jaulas de pájaros y cuatro de tilopos naranjas. Llevaban nuestras anillas en sus patas. No sabía que la gente pudiera capturar animales sólo porque fuesen inteligentes, raros o interesantes. El profesor dice que es el mejor modo de mantenerlos a salvo. No lo entiendo, pero no le gusta que le hagan preguntas.

Además, creo que no quiere de verdad a los animales.

Siento mucho haberme portado mal con Alex y sé que, a veces, tampoco me he portado bien contigo cuando hablabas con ella. Ojalá no lo hubiera hecho.

Te quiero (tanto como Fred quiere a Selkie),

Nim

Escribió otro mensaje a Alex, pero al final se sintió incapaz de dejar que Erin lo leyera, así que hizo una bola con él y se lo guardó en el bolsillo.

—Es la Noche de la Pizza en el Club de los Niños —dijo Ben mientras Erin enviaba el correo electrónico—. Podemos cenar allí.

—¿Qué es una pizza? —preguntó Nim.

Ben se lo explicó.

—¡Pero no puedes ir preguntando ese tipo de cosas a la gente! Te descubrirían…

—¿Adivinarían que soy una polizona?

—Pensarían que eres rara y eso haría que se fijasen en ti —le explicó Ben—. Incluso más que en Fred.

Así que, cuando Erin regresó, buscaron un hueco para esconderse detrás de un gran arcón blanco con un cartel que ponía «SALVAVIDAS», situado cerca de proa, donde hacía demasiado viento para que se sentara mucha gente. Y Nim recibió lecciones sobre cómo hacer para que pareciera que sus padres iban a bordo de un crucero de lujo.

Era algo parecido a las tareas escolares con Jack, salvo que en vez de aprender qué comían las tortugas y cómo crecía el plancton, le estaban enseñando qué comían los niños, qué decían y cómo se entretenían.

—¡Son un montón de cosas! —gimió Nim—. ¡Hay tanto que aprender! ¿Cómo voy a acordarme de todo?

—No te separes de nosotros —dijo Erin—. Limítate a hacer lo que nosotros hagamos.

Ben miró su reloj y Nim levantó la vista hacia el sol.

—Pero antes de nada, es hora de que Fred y yo le hagamos una visita a Selkie.

9

Tanto Selkie como Fred sabían un montón de juegos, pero sólo los hacían cuando tenían ganas. A Nim le resultó difícil convencerlos de que el único modo de ser más listos que el profesor era que obedeciesen siempre las órdenes de ella. El profesor estaba constantemente al acecho.

Ahora se encontraba de muy mal humor, porque una de las crías de mono araña le había mordido mientras daba su conferencia.

Nim no quería que se enfadara también con Selkie, así que empezó por alimentar a las aves mientras piaba en voz baja en su propia lengua.

—¡Si haces sonidos de pájaro jamás aprenderán a hablar! —dijo secamente el profesor—. ¡Enséña-

les a decir «Lorito real»! Por eso es por lo que paga...
por lo que se interesa la gente.

Sin esperar respuesta, salió del cuarto a grandes
zancadas. Nim se quedó sola con los animales.
Arrulló de nuevo a las palomas y corrió a abrir la
jaula de Selkie. Ésta resopló y la olisqueó por todas
partes, como si fuera Nim la que hubiera sido secues-
trada y enjaulada.

—Volveremos a casa de un modo u otro —le dijo
Nim—. Porque, incluso si Alex ha dejado de que-
rerme, sé que nos ayudará a regresar. En fin, lo importante ahora es escapar. Tenemos cinco días para pre-
pararnos.

Miró la jaula de Selkie y la bañera de agua turbia,
y cinco días le parecieron una eternidad.

—No estaría tan mal si pudiera llevarte a una piscina —dijo.

Sin hacer ruido accionó el picaporte. La puerta
no estaba cerrada. La entreabrió y miró con cuidado hacia el corredor.

El profesor venía de vuelta.

Nim cerró la puerta a toda prisa. Abrazó con fuerza a Selkie y por un momento creyó que iba a llorar, pero hacerlo habría alterado a su amiga más que
estar en una jaula.

«¡Para empezar, fue por llorar por lo que nos meti-
mos en este desastre!», pensó Nim. Le pareció tan

estúpido que estuvo a punto de echarse a reír, pero el profesor había entrado en la sala, así que en vez de hacerlo se puso a aplaudir.

—¡Fantástico! —dijo como si Selkie acabara de hacer el número más maravilloso de la historia—. Bueno, ya es suficiente entrenamiento por hoy —añadió rápidamente, no fuera a ser que el profesor quisiera que lo repitiese.

El hombre emitió un gruñido.

—Vale, dale de comer y limpia al resto de los animales. Si lo haces bien te dejaré que la entrenes un rato mañana por la mañana.

—Gracias —contestó Nim muy educada, trabajando tan lenta y minuciosamente como podía, porque cada minuto que pasaba allí era un minuto que Selkie no estaba sola encerrada en su jaula.

De pronto, vio una llave colgada detrás de la puerta. Parecía igual que la del profesor, y no podía ser la misma porque le había visto meterse la suya en el bolsillo. Tenía que ser una de recambio. Si lo era, quizá no notara su ausencia.

Así que Nim cepilló la jaula de los monos para quitar la fruta podrida y los excrementos, les puso agua fresca y volvió a ponerles fruta en no muy buen estado. Aprovechó para hablarles con cariño, intentando que no se dieran cuenta de lo triste y enfadada que le ponía verlos allí.

Finalmente, encerró a Selkie de nuevo en su jaula y se sentó a su lado un buen rato para acariciarle la cabeza con amor y rociarla con agua fresca.

—Recuérdalo bien —dijo el profesor con su sonrisa burlona—. Este lugar es nuestro pequeño secreto. El trabajo de la Fundación es muy importante, demasiado para que la mayoría de la gente lo entienda.

Ni se te ocurra hablar de los animales que hay aquí abajo. Así pues, mi pequeña polizona, limítate a mantener la boca cerrada y todos contentos: yo obtendré un buen fajo de billetes, los animales irán a parar a hogares encantadores, capaces de apreciar lo inteligentes, especiales e interesantes que son... y tú y tu madre os libraréis de la cárcel.

Nim tragó saliva y asintió con la cabeza. Él quería mantenerla atemorizada, y ella lo estaba. Nunca antes en su vida se había sentido tan asustada. Era tan grande su miedo que el profesor supo que no tendría que preocuparse por ella en absoluto. Se sentó tranquilo en su silla de la esquina, abrió una lata de bebida y empezó a leer el periódico.

—Volveré por la mañana —susurró Nim.

El profesor gruñó y pasó la página.

Nim retrocedió hacia la puerta, y haciendo como que le decía adiós con la mano a Selkie, descolgó la llave de su gancho.

10

Para Nim, lo más difícil de encajar en la Noche de la Pizza fue hacer creer a los demás que el mayor problema de su vida era conseguir una porción con *pepperoni*, cuando lo que a ella realmente le apetecía eran las anchoas (porque al menos eran peces y le sabían un poco a lo que comía en casa).

—Es como nadar con un grupo nuevo de delfines —explicó a Erin y Ben cuando salieron con sus pizzas a cubierta para estar solos.

—¡Ojalá yo pudiera hacer eso! —exclamó Ben.

—Me encantaría ir a tu isla —dijo Erin.

—A mí me encantaría que pudierais hacerlo —contestó Nim.

Expresar ese deseo le hizo sentir un calor por dentro, aunque, por otro lado, también pensó que estaba traicionando a Jack. Pero, en cualquier caso, eso era lo que sentía. Antes, solía preguntarse cómo sería tener amigos que fuesen capaces de hablar. Ahora ya lo sabía, y le gustaba. Nim deseaba, más que ninguna otra cosa, estar de vuelta en su isla, pero no quería perder a Erin y Ben.

Les contó la amenaza del profesor.

—¿A la cárcel? —repitió Erin.

—¡Pero el malo es él! —exclamó Ben furioso.

—Asegura que está autorizado a capturar a los animales para esa Fundación. Dice que la ley lo permite, porque enseña cosas a la gente y protege a los que están en peligro de extinción.

—Y encima él es un profesor —añadió Erin.

—Y yo soy una polizona —dijo Nim.

—Pero él es el malo —repitió Ben.

—Preguntaremos a papá y mamá —sugirió Erin.

—¡No! —gritó Nim—. El profesor dijo que me denunciaría al capitán si se lo contaba a alguien. Ni siquiera debería habéroslo contado a vosotros. Si me ayudáis, también os meteréis en problemas.

—No nos importa —aseguró Ben.

—Lo único importante es mantenerte a salvo y liberar a Selkie —estuvo de acuerdo Erin—. Así que tendremos que atenernos a nuestro plan.

—Lo mejor que podemos hacer ahora es intentar que parezca que nos lo estamos pasando bien —dijo Ben—. ¡Vamos a por más pizza!

Fred frotó su espinoso lomo contra la pierna de Ben. La iguana estaba cubierta de restos de *mozzarella* que iban de su boca sonriente a las garras. Le encantaba la pizza y el tal Ben le caía cada vez mejor.

Nim se sintió sola cuando trepó de nuevo con Fred a su bote salvavidas mientras Erin y Ben vigilaban junto a la puerta de su camarote.

Cuando tapó el hueco con la lona, todo quedó a oscuras, negro como el más profundo de los mares.

Entonces oyó unos golpes que eran su señal (tres rápidos y dos más espaciados), y luego sintió que alguien trepaba por los soportes.

Ben asomó la cabeza para darle una linterna.

Nim la encendió y vio por qué Erin parecía a punto de estallar. Quería contarle su propio secreto. Ya lo advirtió cuando le dijo «Que duermas bien, Nim».

El bote se había convertido en un dormitorio. Había dos mantas sobre las que dormir, dos toallas para taparse, una almohada para ella y otra para Fred, una botella de agua y un plátano.

Pero para Nim lo mejor de todo en ese momento fue recordar la expresión de las caras de Erin y Ben cuando les enseñó la llave de la prisión de Selkie.

La habían tocado como si fuera mágica. Y aunque Nim no era una maga, llevarla en el bolsillo la hacía sentir casi igual de poderosa que una de ellas.

Era tan temprano que el sol ni siquiera había salido cuando Erin llamó tres veces con el toque de «¡Despierta!» sobre los anclajes metálicos.

Aún medio dormida, Nim lanzó las almohadas y las mantas por la borda a Erin, no fuera a ser que un turista de la Troppo utilizara el bote durante el día. Luego se descolgó hasta cubierta, con Fred siguiéndole los pasos. El aire fresco de la madrugada les despejó al instante. Mientras Erin volvía de puntillas a su camarote para ocultar la ropa de cama, Nim y Fred corrieron hasta la sala de los animales. Cuando no había gente rondando que pudiera pisarlo, a Fred le gustaba andar.

Comprobaron con rapidez que no hubiera nadie dentro. Nim abrió la puerta y se colaron al interior.

—¡Deprisa! —susurró a Selkie mientras abría la jaula. Sintió pena por los otros animales, pero aún no podía ayudarlos.

Selkie se movió lo más rápidamente que pudo, dando botes por el corredor, y entró en el ascensor, emitiendo un trompeteo de sorpresa cuando empezaron a subir. A Fred se le ensanchó un poco la sonrisa, como si llevara haciendo cosas así desde que salió del huevo.

Todo estaba oscuro y desierto cuando llegaron a la cubierta del León Marino. Corrieron hasta el tobogán y saltaron al agua clara. Selkie resopló y rodó por el suelo, buceó y saltó dando vueltas a la piscina a toda la velocidad de la que era capaz. Fred buceó hasta el fondo y emergió de nuevo, estornudando disgustado porque no había encontrado algas.

Nim nadó con Selkie y buceó con Fred; no era capaz de nadar tan deprisa como una leona marina ni aguantar la respiración tanto tiempo como una iguana, pero le gustaba intentarlo. No sabía exactamente cómo iban a hacer para escapar, pero sí que todos tendrían que ser tan fuertes, rápidos y hábiles como fuera posible.

Empezó a clarear. Un hombre pasó apresuradamente abotonándose su chaqueta blanca de chef.

Nim hizo una seña a Selkie, que se hundió silenciosa en el agua como un susurro. Fred estaba ya en el fondo de nuevo, convencido de que en alguna parte tenía que haber algas. Nim siguió nadando e intentó no hacer demasiado ruido.

—¡Te levantas temprano! —le gritó el chef—.

—Sí —dijo Nim, y él siguió andando a toda prisa.

Nim sabía que era peligroso quedarse más tiempo. Salieron a hurtadillas y regresaron a la bodega. Nada indicaba que hubieran estado allí, salvo un rastro de agua que se iba secando rápidamente.

11

Jack se despertó con el sol. Había navegado sentado al timón durante toda la noche, aunque lo intercaló con unas cuantas cabezadas cortas. Con la luz se dio cuenta de que aún le quedaba un camino muy largo por recorrer. No había el menor signo de tierra en aquel vasto mar azul. Un rabihorcado describía círculos a poca altura sobre él para ver si tenía algún pez que ofrecerle.

—¡Hoy no tengo nada, Galileo! —le gritó Jack.

Le hubiera gustado que fuera posible insertar una nota sujeta a la anilla de la pata del ave, pero ni siquiera Galileo sería capaz de encontrar a Nim.

Durante un instante, Jack se preguntó qué podía hacer si ella no estaba con Alex, pero rechazó aquella idea.

Mientras Galileo desaparecía en el cielo, Jack le gritó:

—¡Tienes razón, debería echar los aparejos ahora mismo! ¡Gracias por recordármelo!

Comprobó la brújula, orientó la vela para dirigirse cuatro grados más al Este y lanzó los sedales de pesca. Bebió un poco de agua y comió un trozo de coco como desayuno.

—¡Pronto estaré contigo, Nim! —gritó.

Luego añadió más quedamente:

—Y también contigo, Alex. Espero.

Alex se despertó con un sobresalto. Habían llamado a la puerta del camarote, estaba segura: tres golpes rápidos. Luego escuchó un ruido como de alguien que saltaba a cubierta y unos susurros.

No eran más que los niños del camarote de al lado. Los había oído a lo largo del día. Parecían ser pequeños: un niño, una niña que tendría la edad de Nim y otra niña más.

No había alcanzado a oír lo que decían en ningún momento, sólo el sonido de sus voces y los golpes sordos en su camarote cuando saltaban al suelo o volcaban cosas de los cajones.

Alex se preguntó cómo serían. Se preguntó si sabrían hacerse amigos de Nim. «Quizá yo misma lo habría hecho mejor si hubiera conocido a otros niños antes de viajar a la isla —pensó—. Si hubiera sido así, no estaría ahora en este barco».

—¡Y ni se te ocurra ponerte a llorar otra vez! —se dijo en voz baja, y se obligó a dormir de nuevo.

Nim había vuelto a dejar a Selkie en el camarote justo a tiempo. Ya se había hecho de día, un día luminoso, y había gente por todas partes, sentándose en las tumbonas de cubierta y apretujándose junto a las barandillas. Seguro que alguien se habría dado cuenta si hubiera visto un león marino corriendo por el barco.

Por otro lado, se notaba bullicio alrededor del barco: había más naves por delante y por detrás, y otras que parecían dirigirse hacia ellos. Estaban recorriendo un ancho río flanqueado de cerca por colinas verdes y resplandecientes. Nim se sintió agobiada y encerrada cuando de repente sólo pudo ver una delgada franja de agua, en vez del amplio mar al que estaba acostumbrada.

El río fue haciéndose cada vez más angosto y los taludes más empinados hasta convertirse en un canal tan estrecho que su barco prácticamente rozaba las paredes de cemento con los dos costados. Con gran suavidad, los remolcaron hasta llegar a unas puertas gigantes cerradas. Detrás de ellos se cerró otro par de compuertas, y justo cuando Nim empezaba a

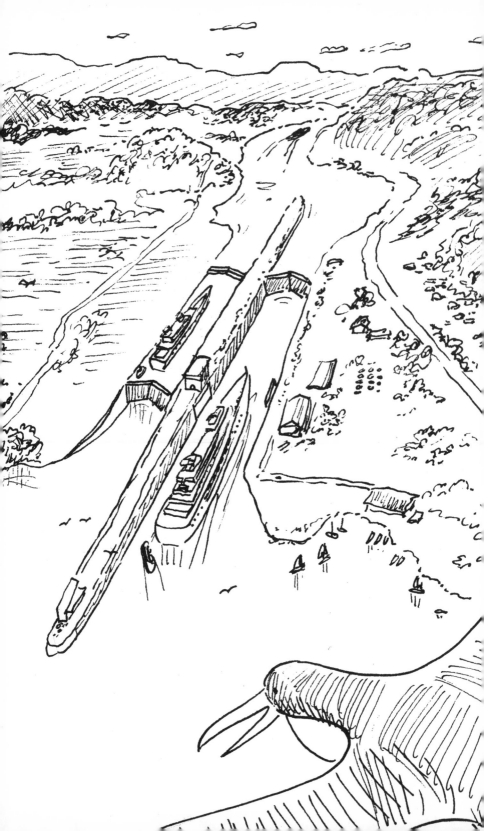

preguntarse dónde iría ahora el barco, éste empezó a ascender como si estuviera en un ascensor.

Nim intentó parecer acostumbrada a viajar en barcos que utilizaban ascensores, hasta que se dio cuenta de que casi todo el mundo había salido a mirar y hacer fotos.

—¡Asombroso!

—¿Cómo funciona?

—El agua llega de un lago a través de canales.

—¡Llevo toda mi vida esperando ver esto!

«Todo me resulta extraño... —pensó Nim—. ¿Y cómo voy a saber qué les resulta raro a los demás?».

Vio a Erin y a Ben, que estaban con sus padres y sus hermanas pequeñas mirando desde fuera de su camarote, mientras su madre grababa en vídeo las gigantescas puertas del ascensor.

Ahora el muelle con barandillas que había enfrente estaba a la altura de la cubierta. Si saltaba la barandilla probablemente podría escapar del barco.

—Pero no podemos marcharnos sin Selkie —le dijo en voz baja a Fred, que frotó con su cabeza la barbilla de Nim.

El barco siguió subiendo y subiendo hasta que estuvieron a demasiada altura sobre el muelle como para saltar hasta él.

«En todo caso, si nos hubiéramos bajado aquí, ¿cómo iba a encontrar a Alex?».

¿Y cómo iba a conseguir volver a casa? Quizá tuviera que quedarse a bordo del barco siempre.

Aquella tarde, en el Club de los Niños, Kelvin les enseñó a jugar a la tela de araña. El que hacía de araña se ponía en el centro con las manos por encima de la cabeza, mientras los demás se apretujaban a su alrededor. Cuando Kelvin gritaba «tela», todos se cogían de las manos formando una red alrededor de la araña, que tenía que intentar escapar de allí.

—¡Y nada de golpes ni patadas! —les advirtió Kristie—. ¡No soltéis las manos!

A Nim se le daba bien hacer de araña, porque sabía escurrirse bajo los brazos o gatear entre las piernas más deprisa que nadie. Pero lo que más le gustaba era sujetar con fuerza a otros niños, y simplemente formar parte de la red.

```
De: erin@kidmail.com
Para: jack.rusoe@explorer.net
Fecha: Sábado 3 de julio, 17:45
Asunto: Más información
```

```
Querido Jack:
    Creía que ya habrías respondido, pero supon-
go que estás muy ocupado al no estar yo ahí
para ayudarte con tu trabajo científico.
```

Hoy el profesor me ha hecho unas fotos con las aves y los animales. Dice que la Fundación quiere fotos así para enseñar lo inteligentes, raros e interesantes que son, para demostrar por qué hay que protegerlos.

Vistió a uno de los monos araña como si fuera un bebé y a mí me pareció ridículo. Con ese traje no podría balancearse de acá para allá aunque no estuviera en una jaula. Yo, después, jugué con él para animarlo.

Selkie está mucho más contenta hoy gracias al baño en la piscina y Fred está feliz porque anoche probó la pizza y hoy Ben le ha traído para comer un bolsillo lleno de ensalada. Yo he probado también un montón de comidas diferentes. Ben y Erin dicen que no debo pedir un bocadillo de algas, porque a la gente le podría parecer raro, y a lo peor adivinan que soy una polizona. Es bastante gracioso, porque aquí cuando quieres comida no tienes que preparártela o cazarla.

Hoy vi a un rabihorcado. Ojalá hubiera sido Galileo con un mensaje tuyo.

Te quiero (tanto como a Galileo le gusta robar pescado),

Nim

12

—He tenido una idea —dijo Nim aquella mañana, después de que el barco atravesara la esclusa. El profesor estaba silbando alegremente y Nim necesitaba que estuviera de buen humor para poner en marcha su plan de acción.

—Usted da una conferencia sobre animales todos los días. Imagínese... ¡Cuando dé la de los leones marinos el miércoles, podría ser como un espectáculo, como un circo! Y yo le echaría una mano.

—No da tiempo. Sé todo lo que hay que saber sobre la domesticación de animales, tardan meses en aprender a hacer algunas cosas.

—Pero esta leona marina es asombrosamente lista, igual que la iguana. Apuesto a que sería capaz de preparar un número para usted, sobre todo si pudiera entrenarlos en una piscina.

—Esa bestia irá a la piscina de la cubierta del León Marino cuando esté seguro de que no morderá a nadie —gruñó el profesor.

«¡Lástima que no te mordiera más fuerte!», pensó Nim. Sin embargo, dijo:

—Probablemente lo hizo porque estaba asustada. Estoy segura de que no volverá a pasar.

—Más le vale —dijo el profesor, lanzando una ojeada hacia su látigo.

—Todo el mundo se daría cuenta de lo inteligentes, raros e interesantes que son.

—Vale, quizá podamos hacer una prueba el miércoles por la mañana. Si se porta bien, podrá quedarse en la piscina hasta que la haya vendido… Quiero decir, hasta que sea reasignada.

«¿Reasignada?», pensó Nim, sintiéndose como si acabara de tragarse un cubo de agua helada. Si ocurría eso, ¿cómo iba a poder recuperarla?

«¡Pero no permitiremos que eso pase!», se dijo a sí misma con ferocidad. Aún tenemos tres días para preparar el espectáculo y, después, escaparemos.

—Te concedo un par de horas por las tardes para practicar. Y… —el profesor hizo una pausa y la miró como si supiera exactamente lo que estaba pensando— más vale que sea algo bueno.

Un poco después, Nim tallaba esculturas de sandía junto a Erin y Ben, mientras se preguntaba en voz alta:

—¿Cómo va a ser un buen espectáculo si no podemos usar la piscina grande?

Kristie había hecho una demostración de cómo esculpir una cabeza de vikingo y un velero, y ahora todos los niños tenían una sandía delante para que hicieran lo que quisieran con ella. Nim usó su propia navaja para tallar a Selkie. Erin hizo un gato y Ben la cabeza de un vikingo, que le salió casi tan bien como a Kristie.

Fred se había comido la mitad entera de una sandía y le había quedado un bote de remos. Todos le habían aplaudido y él había vuelto a subirse al hombro de Nim, muy orgulloso de sí mismo.

—¿Crees que eso podría valer para el espectáculo? —preguntó Nim.

—Me parece que no —dijo Erin—. Pero se me ha ocurrido cómo puedes usar la piscina del tobogán.

Jack llevaba tres días a bordo de su balsa. Todavía le quedaban dos cocos y la mitad de sus reservas de agua, pero le dolía todo el cuerpo y estaba entumecido y muy, pero que muy cansado. No era una balsa grande y no era cómoda en absoluto.

Vio una línea en el horizonte que podía ser una nube o… ¿Isla Soleada? Jack esperó que así fuera.

Cuanto más se iba acercando, más clara y menos borrosa se veía la línea. A mediodía, estaba ya convencido. Era tierra firme, sin duda. Jack tensó la vela y se puso a silbar pidiendo viento.

Un destello de luz le llamó la atención. Había una botella balanceándose en el agua y llevaba algo dentro. Si Nim hubiera estado con él la habrían perseguido hasta alcanzarla, aunque nunca hasta ahora habían encontrado un mensaje. Y si Nim hubiera estado con él no irían de camino a Isla Soleada a bordo de una balsa hecha con una pared de su cabaña.

Alex había pasado tres días enteros dentro de su camarote y sola. No había hablado con nadie salvo con Virginia, la camarera, cuando le traía su zumo por la mañana y volvía algo más tarde a limpiar.

—¡Qué lástima que no se encuentre mejor! —le había dicho Virginia—. Se divertiría mucho si fuera capaz de salir y conocer gente.

Pero Alex había dejado atrás a las únicas personas que quería tratar.

Hasta mantenía cerradas las cortinas, porque sólo veía gente que pasaba y los soportes de los botes salvavidas, y eso no resultaba demasiado interesante.

Aunque había lápices y papel en la mesa de su camarote, no había escrito ni una palabra. Por primera vez en su vida, no tenía una historia en la cabeza. Y peor aún, no le importaba.

De: erin@kidmail.com
Para: jack.rusoe@explorer.net
Fecha: Domingo 4 de julio, 17:30
Asunto: ¡Importante!

Querido Jack:

Selkie, Fred y yo vamos a montar un espectáculo, así que esta tarde hemos estado practicando durante dos horas. Es horrible estar con Selkie y que el profesor no deje de mirarnos, porque tengo que fingir que no la conozco y que le estoy enseñando a hacer juegos, aunque no son más que los que hacemos en casa. Pero Selkie piensa que es mejor que estar en la jaula, así que no le importa fingir. Fred odia al profesor hasta tal punto que no hace más que mirarlo con ojos asesinos, pero él ni se entera.

Es muy interesante estar en el barco, pero sigue gustándome más nuestra isla. Espero que dejes de estar enfadado conmigo muy pronto.

Te quiere (tanto como Jack quiere a la isla),

Nim

—Sigue sin haber respuesta —contó Erin a Nim cuando volvió de enviar su mensaje para Jack.

Intentó quitarle importancia, como si no supiera que a Nim le preocupaba no saber si Jack estaba demasiado enfadado para contestarle o si había otra razón aún peor.

—Quizá se le haya olvidado recargar la batería —le excusó Nim.

—Es probable —contestó Erin.

—¡O un virus! —sugirió Ben.

—Puede ser —asintió Nim.

—Queda una hora para la cena —dijo Ben—. Juguemos a los espías.

—¿Cubierta del Delfín?

—La de las Mariposas —propuso Nim.

Había escogido la cubierta de las Mariposas porque eran los únicos seres vivos capturados del barco que no la hacían ponerse triste. Tenían espacio de sobra para revolotear y le encantaba que se posaran en su pelo y los brazos. Nim paseó lentamente dentro del recinto de las mariposas con Fred tan inmóvil en su hombro que la cabeza de ella y el lomo de Fred no tardaron en quedar cubiertos de mariposas de brillantes colores. Ambos sonreían de tal manera que ni siquiera los felices y besucones invitados, que llegaban desde el salón de bodas para que les hicieran fotos, notaron que ella no pertenecía a su fiesta.

13

De un extremo a otro de Isla Soleada, la gente contempló pasmada cómo Jack navegaba en su balsa entre el agua que despedían los nadadores, los buceadores y los esquiadores acuáticos que pasaban a gran velocidad. Al final, desembarcó en la playa, en medio de castillos de arena y gente que tomaba el sol. Arrió la vela y la plegó para meterla en su bolsa, no fuera a ser que la necesitara de nuevo. Los curiosos se arremolinaron a su alrededor.

—¿Dónde está el aeropuerto? —preguntó Jack.

Alguien le indicó la carretera.

Otro le hizo una foto.

—Es una larga caminata —dijo un hombre—. Lo llevo en mi coche.

Jack lo siguió hasta un carrito eléctrico, de los que se usan para jugar al golf, que estaba en la parte alta de la playa. La multitud fue dispersándose, de vuelta a sus baños de sol y sus castillos de arena.

Cuando llegaron al aeropuerto, el encargado del mostrador le dijo:

—¡Está de suerte! Puede coger el vuelo de mañana por la mañana.

—¡Necesito salir hoy! —exclamó Jack.

—Los martes y los jueves no hay más vuelos.

«¡Jueves! —pensó Jack—. Ése es el día que se marcharon Alex y Nim. Si perdieron el vuelo estarán todavía aquí».

El hombre del carrito de golf lo paseó por toda la ciudad hasta bien entrada la noche, pero no encontraron ni rastro de Alex ni de Nim.

«Eres una babosa inmunda y holgazana», se dijo Alex a sí misma mientras cenaba sentada en la cama con las piernas cruzadas. «Has atravesado el canal de Panamá sin verlo siquiera. ¿Qué pasa si necesitas un héroe que viaje de polizón en un barco para una historia de aventuras en el mar? ¿Cómo vas a escribir sobre eso?».

«Del mismo modo que lo he hecho siempre —se respondió—. Leyendo, investigando y echándole imaginación».

«Pero no ha sido así en el caso del último libro —se corrigió—. Ése sí que lo viviste. Por eso es tu mejor libro y el mejor periodo de tu vida».

Pero aún no había tenido valor suficiente para abrirlo.

El Club de los Niños cerraba a las cinco, pero había un grupo de chavales en la cubierta del León Marino cuando Erin, Nim y Ben llegaron allí después de la cena. Nim acababa de terminarse la comida que habían sacado del comedor cuando una niña pequeña con coleta tocó a Ben en el hombro.

—¡Araña! —gritó.

En un abrir y cerrar de ojos, todos se cogieron de las manos para formar una red. Mientras los demás se sujetaban con fuerza, Ben se retorció e intentó abrirse paso. Entonces, la niña de la coleta se echó a reír y todos se derrumbaron formando una alegre masa de cuerpos, felices como un montón de cachorros de león marino al sol.

Cuando ya había oscurecido un poco, Alex oyó charlar, a través de la ventana abierta que dejaba entrar la brisa, a una pareja en la cubierta. Los imaginó inclinados sobre la barandilla mientras contemplaban cómo la luna danzaba sobre las olas. Hablaban de sus hijos, que estaban ya en la cama.

—Parece que los niños se lo están pasando bien —decía el padre—. Han hecho un montón de nuevos amigos.

—¡Y no cabe duda de que disfrutan con la comida! Se sirven unas raciones que parece imposible que puedan comérselas, pero de repente miras y no hay nada en sus platos.

—Este aire fresco del mar les está abriendo el apetito, desde luego —estuvo de acuerdo el padre.

14

A la mañana siguiente, aún más temprano que el día anterior, Nim, Selkie y Fred se bañaron a escondidas en la piscina del tobogán. Como los tres estaban juntos, se sentían casi libres.

En cuanto percibieron los primeros sonidos que indicaban que la tripulación empezaba a ponerse en marcha, regresaron corriendo a la prisión de Selkie. Nim la encerró y corrió escaleras arriba para saludar a los delfines de la fuente. Poco después, el barco ancló en una bahía de arena blanca.

Cuando Nim regresó al cuarto del profesor, estaba esperándola: quería que se pusiera a limpiar y diera de comer a los animales.

—¡No hay tiempo para eso! —exclamó el hombre tajante cuando Nim abrazó a Selkie—. Dales comida y lárgate. Hoy no quiero verte por aquí.

—Pero usted dijo que podríamos practicar esta tarde.

—He cambiado de opinión. ¡Ahora ponte a trabajar y en cuanto acabes ya puedes desaparecer!

Tenía los ojos entrecerrados, la cara rígida y no hacía más que mirar hacia el látigo. Nim puso comida a los animales y se marchó.

—Todo el mundo piensa bajar a tierra —comentó Erin a Nim—. Ojalá pudieras venir, pero revisan los billetes con especial atención cuando la gente vuelve a subir a bordo. No sería seguro.

—Es probable que utilicen tu bote —añadió Ben—. ¿Sacaste las cosas?

Nim asintió. Todo estaba cuidadosamente guardado y a salvo en el armario de Erin.

—El Club de los Niños también está cerrado —dijo Erin con tristeza—. Lo mejor será que te quedes en nuestro camarote.

Nim tuvo que vagar por la cubierta mientras la madre de Erin y Ben entraba y salía a toda prisa de sus camarotes para organizar la jornada. Cuando Ben y Erin desaparecieron con su familia, se sintió tan vacía como un globo deshinchado.

Un instante después, Erin llegó corriendo.

—Les he dicho que se me ha olvidado el sombrero —explicó jadeante, abriendo la puerta del camarote con la llave—. En mi cama hay algunos libros, por si te apetece leer, y tienes la televisión. Y también papel y rotuladores para hacer los carteles. ¡Ojalá pudieras venir!

Erin echó la mano a su sombrero, gritó adiós y salió como un rayo. Nim empezó a hojear los libros. Uno era *La furia de la montaña*, de Alex Rover. Nim recordó el momento en que lo había leído. Mientras estaba sola en la isla, Alex había mandado un correo electrónico para preguntar a Jack sobre los cocos. Después, Alex había intentado explicar a Nim que, en realidad, ella no era el héroe de su historia, pero Nim no la había creído.

Se preguntó si seguiría gustándole el libro ahora que sabía que Alex no era más que una mujer pequeña y asustada, aunque se había atrevido a navegar a través de medio mundo para ayudarla a ella, incluso antes de conocerla.

Se tumbó en la cama de Erin y empezó a leer. Llamaron a la puerta y entró Ben.

—Se nos olvidó decírtelo: tienes el desayuno en el cajón de la mesilla.

Volvió a salir a la carrera y Nim encontró un bocadillo de pan integral y una manzana.

A Fred no le gustaba el pan integral, ni tampoco las manzanas, aunque tenía mucha hambre.

—Ya encontraremos algo para ti —dijo Nim, pero no estaba segura de qué.

Se dieron una ducha. Nim se puso la ropa que le había dejado Erin y se sentó a la mesa con los papeles y los rotuladores de colores. Dibujó veintidós carteles —dos para cada cubierta— donde ponía «CIRCO DEL LEÓN MARINO», exactamente como lo había planeado con Erin y Ben. Cuando terminó, los guardó en el cajón de la mesa, se dejó caer otra vez sobre la cama de Erin y siguió leyendo.

«¡Toc! ¡Toc!»

Alguien llamaba a la puerta.

Nim se quedó inmóvil sin responder. Fred se ocultó detrás de una lámpara y se echó a dormir.

Se abrió la puerta y entró una camarera con una aspiradora, una fregona y un cubo.

—¡Vaya! —se sobresaltó Virginia—. ¿Te han dejado tus padres aquí sola?

Nim asintió, porque no podía decir la verdad.

—¿Estás enferma?

Nim volvió a asentir.

Virginia sacudió la cabeza con simpatía.

—Lo siento, tengo que limpiar de todos modos, pero haré el menor ruido posible.

Estiró la cama de Ben e hizo a Nim sentarse en ella mientras cambiaba la de Erin.

—¡Anda, que dejar sola a una cría enferma! —la oyó farfullar Nim—. ¡Es una vergüenza!

Nim pensó en los padres de Erin y Ben y se le puso la cara tan colorada y caliente como la lava de la Montaña de Fuego.

—¡Ya me siento mucho mejor!

Virginia acabó de limpiar, puso la mano en la frente de Nim y la obligó a meterse en la cama.

Nim cogió de nuevo *La furia de la montaña*. Empezó a leer tumbada; después, se incorporó; más tarde se echo en el suelo con los pies en lo alto de la

cama; luego, se puso a hacer el pino, y Fred se dedicó a trepar desde su hombro hasta sus pies, en vez de al revés, como era su costumbre. Incluso se les ocurrió un número en el que Fred permanecía rígido como un palo y Nim le hacía girar sobre sus pies.

Pero uno no puede pasarse la vida patas arriba haciendo girar una iguana, así que Nim se puso a contemplar el cachito de mar que se veía a través de los botes salvavidas. Un rabihorcado enorme y negro planeó delante de ella. Después de observarlo con su catalejo, estuvo casi segura de que se trataba de Galileo.

—Ojalá pudiera salir a cubierta a comprobarlo —murmuró, aunque no tenía ningún pez para llamar la atención de ave.

Leyó un capítulo más de *La furia de la montaña*: el héroe acababa de pescar una trucha en un arroyo de montaña y la estaba asando en una hoguera.

—Debí dejar la manzana para la hora de la comida —dijo Nim a Fred.

Fred respondió con su mejor mirada fija, sin parpadear. Estaba convencido de que, si se empeñaba un poco, Nim sería capaz de encontrar comida para los dos.

—No podemos salir —le explicó ella—. El resto de los pasajeros ha bajado a tierra y la tripulación se fijaría en nosotros y querría saber dónde están mis padres.

Alguien volvió a llamar a la puerta. Nim tapó a Fred con una almohada y entró Virginia con una bandeja en las manos.

—No estaba segura de qué podría gustarte —comentó—. Así que te he traído bocadillos y ensalada, fruta, tarta...

La almohada empezó a agitarse. Nim apoyó un codo encima.

—Gracias. Eres muy amable.

Para ella fue un alivio poder decir algo que fuera verdad.

—Me alegra mucho que empieces a sentirte mejor. La pobre señora del camarote de al lado no ha salido en toda la travesía.

Los camarotes tenían alegres pinturas en las paredes, pero Nim pensó que si hubiera tenido que pasarse en uno todo el viaje se volvería loca.

—Pareces un poco aburrida —dijo Virginia cuando salía—. ¿Quieres que te encienda la tele? —añadió y le tendió a Nim el mando a distancia.

—Gracias.

Pero aunque Nim había visto televisores en los salones del barco mientras jugaban a los espías, y había conocido los videojuegos en el Club de los Niños, nunca se había sentado a ver un programa. Y nunca había visto un mando a distancia. Fred tampoco. A Fred le daba igual los programas, pero le gustaba pisar los botones que cambiaban el canal hasta que Nim averiguó qué era lo que estaba ocurriendo.

—¡Basta ya, Fred! —gritó.

Fred se metió debajo de la cama muy enfadado y Nim apagó la televisión. No quería gritar y despertar a la pobre señora enferma del camarote de al lado.

—Venga, te puedes comer toda la lechuga —sugirió para animarlo.

Una vez que Fred devoró la lechuga y estornudado un kiwi esparciéndolo por todo el camarote, volvió a sentirse bien.

Nim terminó el libro y se quedó un rato mirando hacia fuera.

Cuando oyó el ruido de las motoras que volvían y, a continuación, el de gente caminando por el barco, cogió a Fred a toda prisa y corrió al exterior para respirar unas bocanadas de aire fresco.

En cuanto el barco se hizo de nuevo a la mar, Nim se puso su chaqueta de la Troppo Tourist y bajó a la sala de animales. Esperó ante la puerta hasta que el profesor la dejó entrar.

Selkie resopló con tristeza, porque a ella el día se le había hecho aún más largo. Y estaba, si cabe, más alarmada.

La última de las jaulas vacías estaba ahora llena de serpientes largas y gordas.

De: erin@kidmail.com
Para: jack.rusoe@explorer.net
Fecha: Lunes 5 de julio, 19:30
Asunto: ¡Muy importante!

Querido Jack:

A lo mejor le pasa algo al ordenador y por eso no me respondes, pero supongo que querrás saber lo que estamos haciendo. Seguiré enviándote correos y quizá puedas leerlos más adelante.

Hoy tuve que pasarme todo el día dentro del camarote y fue muy aburrido, pero ahora entiendo mejor cómo deben sentirse Selkie y los demás animales que están con ella. Así que, en cierto modo, la experiencia me ha servido de algo.

Erin me ha traído de tierra una pulsera de cuentas. Es muy bonita. Se ha comprado otra igual para ella, para que nos acordemos la una de la otra cuando nos las pongamos. Ben trajo un coco a Fred y otro para mí. Nos hizo mucha ilusión porque llevamos mucho tiempo sin probarlo.

Te quiere (tanto como a Fred le gusta el coco),

Nim

15

Jack pasó la noche en el suelo del cuarto de estar de su nuevo amigo.

—¿Quién eres? —le preguntó bromeando el hombre cuando vio a Jack contemplando fijamente la televisión como si no consiguiera recordar qué era aquello—. ¿Robinson Crusoe?

—No… Jack Rusoe.

El hombre rompió a reír, pero Jack no pudo hacerlo. Acababa de revisar su correo electrónico y no había ni un mensaje en el buzón de entrada. Sólo la carpeta de la papelera anunciaba que tenía mensajes para borrar: los que habían sido filtrados porque llegaban de direcciones desconocidas que probablemente no le interesaban.

A la mañana siguiente consiguió dar con el modo de obtener dinero del banco y tomó el pequeño avión que volaba al aeropuerto de Isla Grande. Lo único que le quedaba por hacer era ir a ver a Delia Defoe. No sólo era la editora de Alex, sino que posiblemente fuera la única persona en el mundo que sabía dónde estaba su hija.

Había una plaza libre en el avión que partía hacia Nueva York al día siguiente.

—Mañana hay un espectáculo con un león marino —dijo Virginia a Alex cuando le llevó el desayuno—. Está todo el barco lleno de carteles, ¿a que suena divertido, no?

Si Alex no hubiera conocido a Selkie quizá habría estado de acuerdo. De repente, la echó tanto de menos que supo que jamás podría volver a ver un león marino sin ponerse a llorar. Hasta el momento, era la mejor excusa de las que se había inventado para permanecer en su camarote un día más.

Erin despertó a Nim y a Fred más temprano de lo habitual y fueron a recoger a Selkie. Pasaron tanto tiempo en la piscina que antes de que tuvieran tiempo de darse cuenta había salido el sol.

Cuando Nim sacó la cabeza para tomar aire después de sus prácticas de buceo, se encontró ante un miembro de la tripulación vestido con un uniforme blanco. Estaba de pie en el borde, mirándola.

—¡En la piscina hay un león marino! —exclamó.

—Estamos en la cubierta del León Marino —respondió Nim.

—Pero esto es una piscina para las personas, no para los animales.

—La necesitamos hoy para ensayar —explicó Nim—. A partir de mañana no volveremos a utilizarla nunca más.

—¡Mañana finaliza el crucero!

—Por eso ya no la necesitaremos —concluyó Nim.

El empleado se quedó mirándolos un rato más, luego se encogió de hombros y se marchó.

Nim y sus amigos salieron de la piscina y regresaron a la sala de los animales tan deprisa como pudieron.

—¡Te creerás muy lista! —rugió el profesor cuando dejó entrar a Nim para que diera de comer a los animales—. Lo has llenado todo de carteles anunciando un espectáculo con un león marino en la piscina del tobogán. ¡Seguro que piensas que ahora tendré que permitir que esa bestia nade allí!

—Debo de haberle entendido mal —se disculpó Nim, aunque los carteles decían exactamente lo que ella quería—. ¿No era ése su propósito?

—Dije que tal vez te dejaría hacer unos cuantos números durante mi conferencia. Y sabías que ésta tendría lugar en el salón de actos, como todas las que doy. Soy un profesor, eso es lo que la gente espera.

—Pensaba...

—Piensa en lo que os pasará a ti y a tu madre si te pasas de lista. Además, en cuanto entremos en la bahía, nadie estará interesado en ver números tan vulgares. Más te vale hacer algo espectacular o te quedarás sin público.

—Tengo un plan —explicó Nim—. Será espectacular.

—¡Los carteles han funcionado! —dijo Nim, mientras Erin le pasaba un sándwich con huevos revueltos para desayunar y Ben lanzaba uvas al aire para que Fred las cogiera al vuelo—. Podemos hacer el espectáculo como habíamos planeado.

—Así que hoy...

—Podemos hacer cualquier cosa que nos apetezca.

Resultaba difícil elegir. Aunque, por un lado, aquél era un día igual que otro cualquiera a bordo del barco, por otro, era el último que iban a pasar juntos. Eso lo convertía en especial: les producía tristeza y un poco de miedo. Fred optó por pasar el día en la piscina de los surtidores. Podía sentarse sobre los chorros de agua, salir disparado hacia lo alto y después nadar a través del estanque, lo mismo que le gustaba hacer en los respiraderos de las Piedras Negras.

Ben, Erin y Nim se apuntaron a una búsqueda del tesoro con los demás chicos del Club de los Niños. Las pistas les hicieron recorrer todo el barco, pero cuando Nim llegó a la cubierta de los Tucanes se encontró con uno sentado en el suelo con la cabeza gacha y los ojos cerrados.

Nim se acuclilló para mirarlo. «¡Se siente tan desdichado que podría morirse!», pensó. De pronto, decidió que no bastaba con escaparse con Selkie. Había que rescatar a todos los animales del barco.

—¡Aguanta sólo un poco más! Te ayudaremos, de un modo u otro —consoló Nim al desdichado pájaro, emitiendo ruiditos y piando hasta que éste levantó la cabeza para mirarla.

Cuando finalmente empezó a picotear su mango machacado, Nim se puso en pie y vio el arcón del tesoro oculto detrás del exhibidor. Estaba lleno de bolsas de caramelos, suficientes para todos los niños del Club.

Fred los probó y le gustaron, pero le sentaron mal y tuvo que tumbarse panza arriba mientras Nim le frotaba la tripa.

Después, Nim y Erin pintaron todos los pescados de papel maché que habían estado haciendo, y Ben acabó su escultura.

—¡Excelente! —exclamó Kristie.

—Ha quedado bastante bien —admitió Erin.

—Es bastante buena —dijo Nim.

Pero a Fred no le gustó ni un poco, porque era exactamente igual que él. Paseó a su alrededor dirigién-

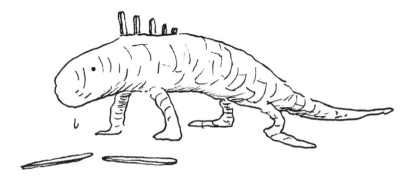

dole miradas aviesas y después se subió al hombro de Nim y observó la escultura con mucha desconfianza.

—Es para acordarme de ti cuando no estés —le explicó Ben.

Fred parpadeó y Nim estuvo a punto de echarse a llorar.

Más tarde, en la prisión de la planta baja, Selkie y Nim practicaron el pino, y Fred se puso a dar volteretas sobre las aletas de Selkie. No era el más brillante de los números, pero era el comienzo de algo grande.

—Duerme bien —susurró Nim a Selkie cuando llegó la hora de marcharse—. Mañana es el gran día.

De: erin@kidmail.com

Para: jack.rusoe@explorer.net

Fecha: Martes 6 de julio, 17:36

Asunto: ¡Tienes que leer esto!

Querido Jack:

No he recibido ningún correo electrónico tuyo. ¿Sigues enfadado? Quizá éste es el último mensaje que pueda mandarte. No sé cómo saldrán las cosas, pero lo único de lo que debo preocuparme es de escapar del barco. A veces desearía que pudieras navegar hasta aquí para rescatarnos, pero ya no tienes embarcación, así que sé que no podrías hacerlo aunque no estuvieras enfadado.

Hoy el profesor me ha obligado a quitar las anillas a las aves de la isla. Pero si todo sale bien, dará lo mismo. He anotado en mi cuaderno sus números para que podamos identificarlas. Pensé que querrías que lo hiciera.

Un rabihorcado lleva todo el día siguiéndonos. Estoy casi segura de que se trata de Galileo.

Te quiere (tanto como a Selkie le gusta bucear),

Nim

Se celebraba una cena especial por ser la última noche a bordo del crucero así que, por primera vez, Nim acudió al comedor con sus amigos. Pidió prestadas una falda y una camiseta a Erin, y se cepilló el pelo desgreñado hasta que le quedó casi presentable. Fred, que estaba medio adormilado, gateó debajo de la cama de Ben para echarse una siesta.

—¿Estás seguro de que no quieres venir? —le preguntó Nim, pero Fred se limitó a parpadear y se durmió de nuevo.

Sin él sentía los hombros ligeros y vacíos, y resultaba más fácil no hacerse notar.

Después de la cena con los otros niños del Club, Nim planeaba pasar toda la noche en el camarote de Ben y Erin.

—¿A tu papá no le importa que duermas aquí? —le preguntó la madre de sus amigos.

—No —contestó Nim, porque al parecer a Jack le daba igual lo que fuera de ella y, en el caso de que le importara, probablemente preferiría que durmiera en un camarote a que lo hiciera en el fondo de un bote salvavidas.

Erin le prestó un pijama y se apretujaron juntas en la cama. Fred se quedó debajo de la de Ben, Nim no sabía si para despedirse de él o porque estaba demasiado dormido para moverse.

Hablaron y hablaron en la oscuridad. Ninguno de ellos quería pensar en el día siguiente, pero aún tenían mucho que contarse cuando los padres de sus amigos, los señores Caritas, llegaron a darles las buenas noches.

—No os paséis la noche charlando —dijo el padre—. Mañana será un día largo. ¿Vives en Nueva York, Nim?

—No. Va a ser mi primera visita.

—¡Te va a encantar! Nosotros, en cuanto lleguemos, saldremos directamente hacia el aeropuerto para regresar a casa.

La madre se inclinó para besar a Erin en la frente y después besó también a Nim. Fue como cuando Alex lo hacía para darle las buenas noches.

«¡Alex!», Nim dejó que sus pensamientos se perdieran en la noche, porque no era capaz de organizar en su cabeza todas las cosas que hubiera querido expresar. Junto con sus deseos, salió un gran revoltijo de amor, arrepentimiento y esperanza.

La voz de Ben fue disolviéndose en suaves ronquidos, pero Erin y Nim siguieron cuchicheando.

La puerta se abrió sin hacer ruido.

—Ya es hora de que os durmáis —las reprendió la madre de Erin—. O Nim tendrá que volver con su padre.

—¡Eso es lo que intentas hacer! —susurró Erin cuando la puerta se cerró de nuevo. Y rompieron a reír.

Les entró tal ataque de risa que tuvieron que ponerse las almohadas encima de la cara. Al rato, Erin se quedó dormida.

Alex escuchó la voz de Nim y luego la oyó reírse. Así que se dirigió a la puerta del camarote antes de darse cuenta de que debía de haber soñado otra vez. «¡Parecía tan real! —pensó—. ¡Nim!». Alex dejó que sus pensamientos se perdieran con la noche, pero no era capaz de organizar en su cabeza todas las cosas que hubiera querido expresar. Junto con sus deseos, salió un gran revoltijo de amor, arrepentimiento y esperanza.

Nim dejó de preocuparse y hacer cábalas, y cayó profundamente dormida.

16

Nim abrazó a Erin y a Ben para despedirse. Iban a verse de nuevo más tarde, pero no podrían hablar. Dio a Ben su piedra verde y a Erin la taza de bambú que llevaba en el bolsillo cuando saltó desde el acantilado.

Luego se puso su propia ropa —su camisa azul brillante y sus pantalones abolsados, con cordones para acortarlos y sus útiles bolsillos— y bajó a la sala de los animales. Con todos se mostró cariñosa e intentó que compartieran su esperanza:

—¡No tardaréis en recobrar la libertad!

A las nueve, tenía más mariposas en el estómago de las que había en la cubierta de las Mariposas. Había llegado el momento del espectáculo.

El profesor recogió su látigo.

—No lo necesitará —le dijo con decisión Nim—. Además, a los mayores no les gustará y podría asustar a los niños.

El profesor chasqueó el látigo a modo de aviso.

—Pues mejor será que controles bien a esos animales, porque voy a tenerlo a mano, por si acaso.

Nim apretó la boca con tal fuerza que le dolieron los dientes. Fue el único modo de contenerse para no gritar todos los insultos que había oído en su vida. Abrió la puerta y ordenó:

—¡Selkie, camina! ¡Fred, síguela!

Selkie la miró con la cabeza ladeada y Nim supo que le había entendido, pero Fred avanzaba detrás de ella con pinta de estar tan enfadado como sólo puede estarlo una iguana.

Subieron muy apretados en el ascensor, porque ninguno de ellos quería estar cerca del profesor y su látigo. Él se bajó en la cubierta del León Marino, pero Nim, Selkie y Fred siguieron subiendo hasta la de los Flamencos, donde las sillas de la cafetería estaban dispuestas como en un palco de teatro, en torno a la parte baja del tobogán.

No había ningún asiento libre. Cuando Nim se asomó, vio gente sentada alrededor de la piscina del tobogán y de pie detrás de la barandilla. Había más personas de las que Nim hubiera creído que cabrían en el barco. Por un instante, estuvo a punto de darse la vuelta y salir corriendo. A Fred se le olvidó el enfado, trepó por la pierna de Nim y se acomodó en su hombro. Los tres amigos atravesaron las sillas en dirección a la parte superior del tobogán.

Fred frotó su cabeza en la barbilla de Nim y ésta puso la mano en el hombro a Selkie. Estaban listos. Miraron al profesor, que había ocupado un lugar preferente junto a la piscina.

—¡Damas y caballeros! —gritó éste—. En vez de mi conferencia habitual, esta mañana les mostraré cómo he amaestrado a un león marino y a una iguana. ¡Están tan bien entrenados que hasta un niño puede dirigir el espectáculo!

Docenas de niños empezaron a mover los brazos y a gritar:

—¡Yo! ¡Escójame a mí!

El profesor los ignoró y se sentó en una silla con su látigo sobre las rodillas.

—¡Más vale que sea algo bueno! —gruñó.

Fred se deslizó a toda velocidad por el tobogán hasta la piscina. Nim lo siguió y tras ella fue Selkie, que recorrió muy rápidamente las curvas del tobogán y chocó violentamente, «bum», contra el agua, salpicando como una gran ola de mar. El público chilló, aplaudió y los vitoreó. Los que estaban sentados en las tres primeras filas quedaron empapados.

Nim salió de la piscina y se dirigió al escenario delantero. Respiró hondo y se preguntó si le respondería la voz.

Entonces, vio a Erin y Ben sentados en primerísima fila. A su lado, y detrás de ellos, estaban todos los niños del Club. De repente, supo que sería capaz de hacerlo.

—¡Damas y caballeros! —gritó—. ¡Permítanme que les presente a mi amiga, la leona marina Selkie!

Selkie salió de la piscina e inclinó la cabeza a izquierda, derecha y hacia delante. Todos los presentes tuvieron la impresión de que les había hecho una reverencia.

—Les presento a la más hermosa —continuó Nim— , la más graciosa, la más lista de las iguanas marinas de todo el mundo: ¡Fred!

Fred tuvo que trepar por las escaleras y subirse a los hombros de Nim antes de estar en condiciones de hacer reverencias a los espectadores pero, cuando lo hizo, Erin y Ben lo jalearon con tal entusiasmo que todo el mundo también lo hizo.

—¡Estatua! —gritó Nim, y Selkie se irguió tan alta y se quedó tan inmóvil como los leones marinos del tablero de ajedrez. Nim le lanzó cuatro pescados y Selkie, experta, los capturó al vuelo sin que se le escapara ni uno. Fred hizo otro tanto con lechuga y trozos de fruta.

—¡Bravo, Fred! —le vitorearon todos los niños.
Selkie dio un beso a Erin y Fred estornudó sobre
Ben.

—¡Fred! —clamaron todos los niños, riéndose
mientras le aplaudían.

Selkie, Nim y Fred se lanzaron a la piscina y juga-
ron al *cocofútbol* con una pelota en vez de un coco.

—¡Hurra! —gritó el público.

El barco navegaba lentamente por un canal entre
tierra firme y unos islotes. Arriba, a lo lejos, se dis-
tinguía una mancha oscura en el cielo que podría
ser un rabihorcado.

—¡Tira la pelota hacia aquí! —gritaron todos los
niños.

Pero dejaron de hacerlo cuando el profesor se levantó de su asiento y les dirigió una mirada asesina.

Después, Nim salió de la piscina de un salto y lanzó a su interior una anilla de goma. Fred la sacó del
fondo con la nariz y Selkie la volvío a lanzar hacia Nim.

—¡Tirad algo a la piscina! —pidió al público—.
¡Y jugarán a cogerlo!

Un niño lanzó su reloj.

—¡Es sumergible! —gritó, y la multitud estalló
en vítores cuando Selkie se lo devolvió.

Nim miró a Erin. Ésta hizo un gesto de asentimiento con la cabeza y Erin arrojó un plátano.

Fred lo cogió al vuelo y lo engulló.

—¡Hurra por Fred! —le jaleó Kelvin.

Éste seguía sin querer tocar a Fred, pero se alegraba de haberlo rescatado.

Por el rabillo del ojo, Nim vio a Ben escurrirse entre la multitud y bajar por las escaleras, poniéndose la chaqueta de Troppo Tourist mientras corría. También observó que el punto negro del cielo se había convertido en la silueta de un rabihorcado.

No quedaba más que un pescado en el cubo. Pero, entonces, Erin sacó la cesta de peces de papel maché que habían hecho ella y Nim. Le lanzó el primero, muy alto, a Nim. Ésta lo cogió al vuelo y se lo pasó del mismo modo a Selkie, que se lo tiró a Fred, que se lo devolvió a Nim mientras Erin echaba el siguiente a Selkie.

El profesor se puso en pie para hacer una foto, con el látigo sujeto bajo el brazo.

Nim lanzó el pez hacia él.

La multitud enmudeció cuando un enorme pájaro negro, con una envergadura mayor que la estatura del profesor, descendió en picado para apoderarse del falso pez. El profesor emitió un gemido y se agachó cuando, con el ala izquierda, el ave le rozó la cara y después introdujo la cabeza a través de un cordón que colgaba del látigo.

—¡Les presentamos a Galileo! —gritó Nim, lanzándole el último pez de verdad como recompensa.

Galileo dejó caer el pez de papel maché sobre la cabeza del profesor, atrapó el verdadero y voló hacia lo alto con el látigo colgando sobre su pecho rojo brillante, hasta que se le escurrió y se hundió en las frías aguas de la bahía de Nueva York.

El profesor bramó de rabia. Estaba tan enfadado que se le olvidó fingir siquiera que era él quien mandaba en el espectáculo.

—Como hayas sido tú quien ha planeado esto... —chilló a Nim.

Selkie saltó a la piscina y se estrelló contra el agua con tal fuerza que las primeras filas de gente volvieron a quedar empapadas. Hecho una sopa, el profesor estaba en pie en medio de un charco de agua.

—¡Te lo advierto! —volvió a chillar.

—¡Juégala bien, Selkie! —exclamó Nim, y le lanzó de nuevo la pelota.

Selkie saltó para golpearla, directamente y con toda su fuerza, contra el profesor. Éste levantó las manos para coger la pelota, se escurrió en el charco de agua y se dio una buena culada.

Fred trepó a la cabeza de Selkie y estornudó al profesor en las narices.

El público se rio y les aclamó como si se tratara de un número de payasos.

—¡Selkie, eres muy traviesa! —la reprendió Nim de forma cariñosa—. ¡Tú también, Fred!

—¡Fred! —gritaron con jolgorio los niños.
Selkie resopló y se tapó la cara con las aletas como si estuviera llorando.
El público la ovacionó con más entusiasmo que nunca.
El profesor tenía los ojos entrecerrados y la cara de color rojo púrpura.
—¡Se acabó el espectáculo! —gritó.
El barco estaba pasando bajo un puente y ya podían verse con claridad los cubos y rectángulos de los edificios, pero aún les quedaba un trecho por recorrer hasta llegar allí.
—¡Otra! —gritó Erin, y el público en pleno se sumó a su petición—. ¡Otra, otra, otra!

Nim hizo sonar su caracola. Selkie salió de la piscina. Fred trepó hasta el borde y se colocó a su lado.

—¡He dicho que se acabó el espectáculo! —aulló el profesor.

—¡Otra, otra! —le respondió el público.

Selkie y Fred subieron al escenario.

Nim volvió a soplar su caracola. Selkie se lanzó al agua, girando sobre sí misma y nadando como un delfín alrededor de la piscina, como si fuera la mayor exhibición de su vida. Nim saltó a la piscina y Selkie buceó por debajo de ella, de modo que Nim quedó sentada a caballo sobre sus hombros.

Nim hizo sonar de nuevo su caracola y Fred saltó también, aterrizando justo sobre el lomo de Selkie, para trepar después al hombro de Nim.

El público los aplaudió, pero el profesor tenía cara de pocos amigos. Nim, Selkie y Fred salieron de la piscina. Entonces, el barco redujo la marcha aún más.

El profesor avanzó hacia ellos. Tenía los ojos tan entrecerrados y brillantes como la hoja de un cuchillo.

—Quiero a estos animales de vuelta a sus jaulas —rugió—. Subid al ascensor.

Nim, Selkie y Fred caminaron hacia él, muy, muy despacio.

—¡Espere! —gritó Erin—. Quiero hacer a Selkie una caricia.

—¡Y a Fred!

—¡Queremos acariciar a Selkie!

—¡Yo también, yo también!

Fred se subió de nuevo al hombro de Nim mientras los niños se arremolinaban a su alrededor, acariciando a Selkie y abrazando a Nim. Algunos de los adultos se sumaron a ellos, y unos cuantos que no pudieron acercarse lo suficiente tendieron a Erin dinero para que se lo entregara.

—¡Un espectáculo como éste bien merece una propina! —sugirió una mujer empapada hasta los huesos.

Erin metió el dinero a Nim en el bolsillo y luego le susurró algo a la niña de la coleta del Club. La niña corrió hasta el profesor y lo tocó en la espalda.

—¡Araña! —gritó.

Entonces, Erin y Nim saltaron al interior del ascensor.

Al cerrarse las puertas, Nim vio a la turbamulta de niños chillando y desplazándose hacia la barandilla de la izquierda, con el profesor balbuceando y gritando en medio de ellos, atrapado tan eficazmente como si estuviera en una jaula.

Nim pulsó el botón del Delfín, el nivel más bajo con una cubierta exterior. El ascensor se detuvo.

—¿Lista? —preguntó Erin.

Nim no podía ni hablar. Asintió con la cabeza.

Erin salió como una exhalación por la puerta y corrió hacia la izquierda del barco.

—¡La estatua de la Libertad! —gritó—. ¡Fíjate en todos los pájaros que hay alrededor de ella!

No había muchos pasajeros en aquella cubierta, aunque la mayoría estaban mirando por el lado izquierdo, hacia la enorme estatua verde. Todo el mundo se volvió para ver cómo una bandada de aves de brillantes colores —loros, palomas, flamencos, águilas y un tucán, todos ellos encabezados por un gigantesco rabihorcado— ascendía hacia el cielo gris y describía vueltas en torno a la antorcha en lo alto de la estatua.

Nadie miró en otra dirección. De haberlo hecho, habrían visto un león marino y una niña con una iguana al hombro salir del ascensor del lado derecho del barco.

Todos se perdieron el número más espectacular: Selkie se dejó caer en una tumbona de la cubierta, cerca de la barandilla, y se irguió más que nunca sobre sus aletas. Se perdieron a Fred trepando por las aletas de Selkie para ser lanzado como si estuviese en un trampolín, casi al tiempo que ella saltaba sobre la barandilla del barco y se sumergía profundamente en las aguas de la bahía de Nueva York.

Y se perdieron a Nim, saltando después de llenar a tope sus pulmones de aire.

17

El agua estaba fría como un helado. Nim jadeó mientras se hundía por el balanceo de las olas que creaba la estela del barco. Entonces, apareció Selkie debajo de ella, fuerte y maciza, empujándola hacia la superficie a través de las turbias aguas.

Nim escupió agua fría e inspiró aire cálido. Fred se subió a su hombro; ella se acomodó sobre la espalda de Selkie y rodeó con sus brazos el cuello de la leona marina. El barco ya los había adelantado. Selkie era capaz de nadar más deprisa de lo que podían navegar la mayoría de las embarcaciones, pero tenía que moverse despacio con Nim a sus espaldas. Todavía les quedaba mucha distancia por recorrer.

A la izquierda de Nim quedaba la estatua de la enorme mujer verde rodeada de aves tropicales desorientadas, que volaban alrededor de su antorcha. A un lado había otra pequeña isla con edificios cuadrados de ladrillo rojo. Justo delante estaba la gigantesca ciudad-isla a la que intentaban llegar: un lugar cubierto de refulgentes torres grises, tan altas como largo era el barco. Era lo más opuesto que podía haber en el mundo a la isla de Nim.

—Eres la tía más atolondrada, estúpida y cabeza de chorlito del mundo —se increpó Alex cuando se despertó.

Y Alex no pudo por menos que estar de acuerdo.

—Estabas viviendo en un paraíso con personas a las que quieres y saliste huyendo.

—Es lo peor que he hecho en mi vida —coincidió Alex.

—¿Y bien? ¿Qué piensas hacer al respecto?

—Volver de inmediato —añadio Alex—. Decir que lo siento e intentar que todo vaya bien de nuevo.

—¿Irás directamente al aeropuerto en cuanto te bajes del barco?

Alex se lo pensó un momento.

—Antes iré a ver a Delia.

A medio mundo de distancia, Jack estaba profundamente dormido, tumbado, cuan largo era, detrás de una hilera de sillas en el suelo del aeropuerto de Isla Grande. No resultaba mucho más cómodo que la balsa, pero no estaba dispuesto a abandonar aquel sitio y perder el avión. No quería que sucediese nada que le impidiera encontrar a Nim y Alex.

Nim no había pensado que pudieran existir tantos barcos. Había tres delante del de la Troppo, ferris de color naranja que parecían cajas, taxis acuáticos de un amarillo chillón, esbeltos yates y más de una docena de veleros. Pequeños aviones cruzaban el cielo y un helicóptero batía sus aspas con tal estruendo que Selkie se olvidó de Nim y buceó a las profundidades. Nim y Fred se alejaron flotando muy sorprendidos. De pronto, las olas parecían más grandes y la corriente más fuerte. Nim sintió más frío y cansancio del que había sentido nunca.

—¡Selkie! —gritó—. ¡Vuelve!

Selkie ascendió resoplando avergonzada. Nim y Fred volvieron a subirse a su espalda.

Los edificios se acercaban cada vez más. Cuanto más se aproximaban, más grandes resultaban. Parecían tan altos como la Montaña de Fuego y cubrían la isla tan densamente que Nim se preguntó cómo la gente podría caminar entre ellos.

Una motora los adelantó rugiendo. Selkie se apartó de su camino, pero la seguían toda una flota de veleros y un taxi acuático amarillo que avanzaba entre ellos.

—¡Tenemos que salir de aquí! —exclamó Nim.

Selkie viró hacia la derecha, alejándose de la regata. Un remolcador de color blanco y gris con remates  en rojo se dirigía hacia ellos. Tenía una forma rechoncha que inspiraba confianza. Por mucho que Selkie cambiara de dirección, el remolcador seguía pisándoles los talones. Sus motores iban reduciendo la marcha y en la proa había un hombre que les hacía señas con los brazos, mientras otros dos se apresuraban a soltar los salvavidas.

—¡Aguantad! —gritó el capitán a través de un altavoz situado en el puente de mando—. ¡Ya llegamos!

Nim y Selkie eran amigas desde que Nim era un bebé. Ambas sabían lo que sentía la otra, y ahora las dos supieron que quizá no consiguieran llegar a la costa sin ayuda.

—¡Y si intentan meternos en la cárcel, no tendremos más remedio que escaparnos otra vez! —dijo Nim a Selkie y Fred, intentando parecer más valiente de lo que en realidad se sentía.

El remolcador casi los había alcanzado. Los hombres les lanzaron los salvavidas. El más joven se quitó la chaqueta y los zapatos y saltó al agua. Nim se soltó de Selkie, Fred se separó de Nim y todos nadaron hacia el barco.

—¡Por aquí! —gritó uno de los tripulantes, corriendo hasta la sección de popa, que era plana y de poca altura.

—¡Daniel, tráela hasta popa!

—¡De acuerdo! —gritó el hombre joven, nadando desesperadamente hacia Nim—. ¡Tranquila, ya estoy llegando!

Con Daniel a un lado y Selkie al otro, Nim nadó hasta el remolcador.

Los dos hombres se tumbaron en cubierta, tendiéndo las manos sobre la borda a Nim. Ella se agarró a sus brazos y la subieron a bordo. Daniel la siguió. Ella tosía, tartajeaba y tiritaba. Los dientes le temblaban tanto que apenas podía hablar.

—¡Por favor, sacad a Fred!

Daniel corrió hacia la borda.

—¿Hay alguien más en el agua?

Nim señaló con el dedo. Fred se había subido a uno de los salvavidas.

—¿Ése es Fred? —preguntó Daniel. También tiritaba un poco—. Supongo que no podrá agarrarse al salvavidas si tiramos de él.

Nim negó con la cabeza.

—En fin —dijo Daniel preparándose a saltar de nuevo al agua—. Espero que Fred sepa apreciar esto.

Pero en ese momento apareció Selkie por debajo de Fred y lo lanzó, como si jugase al *cocofútbol,* hasta la cubierta. Luego, con un salto prodigioso, aterrizó a su lado.

El hombre de más edad volvió del puente de mando con una manta en la que envolvió a Nim.

—Presumo que son amigos tuyos, ¿me equivoco? —preguntó mientras Fred trepaba a toda prisa al hombro de Nim y Selkie se acomodaba con actitud protectora detrás de ellos.

Nim asintió con la cabeza.

—Menos mal, porque si no querría decir que la leona marina se habría perdido, por no hablar de la iguana. Cuéntanos qué ha pasado.

—Me he caído al agua —trató de explicar Nim, indicando vagamente los veleros que se perdían en la distancia.

—¿De modo que te has caído y nadie se ha dado cuenta?

Nim asintió. Todavía le castañeteaban los dientes.

—Hmm. Eso no es todo, ¿verdad?

—No —contestó Nim con sinceridad.

—En fin, después de que entres en calor decidiremos qué hacer contigo. ¿Te apetece un poco de chocolate caliente? Daniel, tú eres el más delgado, ¿te importaría ir a buscar una de tus camisetas para dejársela?

Nim entró en el camarote, se quitó la ropa y se puso la camiseta de Daniel. Le llegaba hasta las rodillas, como un vestido. Ahora podría colgar su ropa en la cuerda para secarla al sol.

—Bien —dijo el hombre mayor cuando Nim reapareció—. Empecemos por los nombres. Puedes llamarme Iván, ¿y tú eres?

—Nim Rusoe.

—¿Y dónde están tus padres, señorita Nim Rusoe? ¿A quién puedo llamar para decirle que te hemos sacado de la bahía y que vengan a recogerte?

—Mi madre está muerta —contestó Nim—. Y no podéis llamar a mi padre. Pero he venido en busca de mi amiga Alex Rover.

—¿Alex Rover? ¿Como la escritora? —preguntó Iván.

—¿Nim, como la de *La isla de Nim*? —preguntó Daniel, señalando hacia un taxi acuático que se dirigía a la costa.

En el costado llevaba un cartel enorme de una niña con un catalejo delante del ojo y una iguana en el hombro, inclinada en la copa de una palmera mientras una leona marina jugueteaba en una cala. En la parte superior estaba escrito «La isla de Nim» y debajo «Lo último de ALEX ROVER», en letras aún más grandes.

El cerebro de Nim no alcanzaba a creer lo que veían sus ojos. Era como mirar hacia su estanque de agua de lluvia y ver un extraño reflejo, casi igual a ella, devolviéndole la mirada.

—Sí —susurró—. La misma.

18

Jack revisó el correo electrónico antes de que despegara su avión. Nada de Alex ni de Nim. Antes, no hubiera sabido decir si estaba más enfadado que preocupado, o al revés. Ahora sí que lo sabía: estaba completamente asustado, porque aquello no tenía sentido. Alex jamás se habría llevado a Nim sin decírselo. ¿Qué otra cosa podía haber pasado? ¿Y si las había raptado el piloto del avión de aprovisionamiento? ¿Y si él había dado la vuelta a medio mundo sólo para descubrir que permanecían en algún lugar cercano a la isla? Tal vez debiera tomar el primer avión de vuelta a casa en cuanto aterrizara.

—Ya que he llegado hasta aquí empezaré por buscarlas en la ciudad —decidió.

Mientras el avión rugía por la pista de despegue, Jack recordó de repente que si el nombre del remitente no figuraba en su agenda del correo electrónico, el mensaje iba directamente a la basura, a menos que contuviera las palabras «ciencia» o «investigación» en el asunto. Y cuando había consultado su correo, en la papelera había algún documento... Alex y Nim no sabían eso.

Jack pensó con frustración que podía haber un mensaje suyo en la papelera en ese mismo momento. Pero tendría que esperar a que aterrizara el avión para comprobarlo.

Iván estaba a punto de telefonear a Delia Defoe para hablarle de Nim cuando recibieron una llamada por radio. Un enorme crucero necesitaba un remolcador que lo arrastrara por el río Hudson hasta su lugar de atraque.

—Supongo que podemos llevarte con nosotros —dijo Iván—. Quizá pueda recogerte alguien en la terminal de cruceros.

—¡No! —exclamó Nim—. ¡No puedo acercarme a ellos!

Iván la miró con expresión penetrante.

—Vas a tener que contarnos algo más de tu historia, jovencita.

—Hay un profesor a bordo de ese barco. Secuestró a Selkie y quería quedarse también con Fred. Según él, lo hace porque se lo ha mandado la Fundación para la Investigación de Animales Inteligentes, Raros e Interesantes. Pero Selkie es mi amiga desde que yo tenía tres años y Fred desde que salió del huevo... No pueden ser propiedad de esa Fundación y que los lleven a vivir con otra gente para que los estudien. ¡Es imposible!

—¿Así que saltaste por la borda para salvarlos? —preguntó Iván.

Nim asintió.

Daniel lanzó un silbido.

—Vaya —añadió Iván—, defiendes con coraje tus convicciones. No nos queda otra opción que llevarte adonde quieres ir, con tu leona marina y tu iguana. Hasta que la policía haya hecho averiguaciones sobre ese profesor y su Fundación, te ayudaremos a mantenerte alejada de él.

—Podríamos dejarte en algún otro sitio —sugirió Daniel—, si alguien pudiera recogerte.

Iván telefoneó a la editorial Papyrus. Cuando pidió que le pusieran con Delia Defoe saltó un contestador automático. Volvió a llamar para intentar aclarar que Nim estaba con él y que debía encontrar a Alex Rover, pero respondió un mensaje grabado con publicidad del nuevo libro de la escritora. Marcó por tercera vez y explicó lo urgente que era el asunto. Le contestaron que Papyrus jamás comunicaba la dirección ni el número de teléfono de un autor.

—No tienes más remedio que ir a la editorial —dijo Iván—. Podríamos montarte en un taxi.

—Dudo que un taxista admita a Selkie —apuntó Daniel.

—Selkie puede quedarse y esperarme —sugirió Nim, pero Selkie ladró «¡NO!».

—Telefonearé a mi cuñada Carla. En su furgoneta de reparto sí que cabríais —sugirió Daniel y levantó el teléfono.

A Nim le llegaba débilmente la voz de Carla a través del aparato.

—¿Una leona marina? ¿Hablas en serio?

—El crucero os está esperando. ¿Hay algún problema? —crepitó la radio.

Daniel sonrió de oreja a oreja al colgar el teléfono.

—Hay suerte. Carla está al lado del muelle de los taxis acuáticos haciendo una entrega urgente.

—¡Cinco minutos! —pidió Iván por radio—. Tenemos una emergencia en el muelle de los taxis.

—¿Le gustan los leones marinos a Carla? —preguntó ansiosa Nim.

—¡Ya lo creo! Aunque, eso sí, nunca ha conocido a ninguno.

—¿Y las iguanas?

—¿Quién no adoraría a Fred?

Fred pareció sonreír y siguió masticando la ensalada que le había preparado Iván.

La ropa de Nim estaba casi seca. La descolgó y se cambió en el camarote mientras atracaban.

Iván le tendió una tarjeta cuando volvió al puente de mando.

—Estarás estupendamente con Carla. Pero aquí tienes mi nombre y mi número de teléfono. Llámame si surge algún problema. Bueno, mejor, ¡llámanos aunque no tengas problemas! Queremos saber que has llegado a salvo.

—Gracias. Y, también, por el bocadillo y el chocolate caliente—contestó Nim, y pensó que si alguna vez conseguía regresar a la isla, probablemente se llevaría un poco.

—Toma mi número también —dijo Daniel.

—Y gracias por rescatarme —le agradeció Nim.

—Me sentiría orgulloso de rescatar a cualquiera que saltase de un barco en la bahía de Nueva York para ayudar a sus amigos —aclaró Daniel.

—¡Pero no vayas a convertirlo en un hábito! —le advirtió Iván, dándole un cálido abrazo—. ¡Y no te olvides de llamarnos!

El remolcador chocó contra el muelle. Daniel saltó a tierra y Selkie, Fred y Nim lo siguieron.

Se encontraban en un parque con una amplia extensión de hierba verde que acababa en un sendero liso y duro como una roca. Estaba atestado de

gente y todo el mundo se movía a gran velocidad. Nim jamás hubiera imaginado que pudieran caber tantas personas a la vez en un mismo sitio.

Mientras caminaban, hablaban por teléfono o consigo mismo. Algunos usaban palabras incomprensibles para Nim, en idiomas que no había oído jamás. Bebían latas de refrescos y vasos de café, comían helados pinchados en un palo, perritos calientes y rosquillas. Llevaban bolsos, portafolios y grandes bolsas con la compra o perros pequeños dentro, y de un modo u otro se las apañaban para no chocar entre sí.

—Vamos —dijo Daniel—. Carla nos está esperando. Todo irá bien.

Nim respiró hondo. Fred se le enroscó aún más fuerte alrededor del cuello. Selkie se apretó contra ella. Siguieron a Daniel a lo largo del sendero.

Al lado había una calle, y en la calle, coches. Muchos coches amarillos y de otros colores. Unos iban en una

dirección, otros en la contraria. Nim creyó que chocarían, «¡pum!», pero circulaban como si nada.

Nim había visto fotos de coches, pero jamás había oído el ruido que hacían ni sabía cómo olían. El olor era intenso y el ruido ensordecedor. Justo cuando pensó que no podía ser más atronador, sonó una sirena muy aguda, un rugido como el de un león marino macho, y un enorme camión rojo pasó con gran estruendo a su lado.

A Selkie no le gustaba aquel lugar con todos aquellos sonidos raros y quería salir de allí tan rápidamente como fuera posible. Saltó dando un bote del sendero a la calzada.

Sonaron cláxones y se oyeron frenazos.

—¡Selkie! —gritó Nim, lanzándose a la carretera tras ella.

—¡Espera! —exclamó Daniel cogiendo a Nim por el brazo.

—¿Es que no ven que pone «NO PASAR»? —gritó un taxista a los peatones que se apresuraban a cruzar aprovechando que los coches frenaban por culpa de Selkie.

Selkie ladró enfadada y regresó al camino.

—¡Son Nim y la leona marina! —gritó una mujer desde el otro lado de la calle.

—¿Eres tú? —le preguntó un hombre—. ¿De verdad que eres Nim?

—¡Brillante truco publicitario! —exclamó otro hombre.

Entonces, todos los coches se detuvieron y también el parpadeo de un hombrecillo rojo. Cuando empezaron a cruzar la calle, se encendió la señal que había debajo en la que se veía un hombrecillo blanco caminando.

«¡Así saben cuándo pueden cruzar!» pensó Nim, al tiempo que pisaba la acera del otro lado de la calle.

Atravesaron a toda prisa un pequeño parque, ignorando las flores y las fuentes con sus chorros y agua fresca. Al final del parque había un toro enorme.

Selkie ladró y se negó a seguir.

—¡No pasa nada! —la animó Nim—. No es más que una estatua.

Selkie se puso a hacer su número de la estatua y la gente que hacía cola para fotografiarse con el toro se acercó corriendo para hacerse otra con Selkie.

—¿Es un león marino de verdad?

—¿No es peligroso?

—Por supuesto que no —contestó Nim.

Una mujer se puso al lado de Selkie mientras su amiga le hacía una foto, y Fred aprovechó para estirarse y engullir la bola de su helado de cucurucho.

—Lo siento —se disculpó Nim, aunque Fred no lo lamentaba en absoluto.

Poco a poco fue acercándose más gente que no paraba de tirar fotos.

—¡Tenemos que seguir, señores! —se disculpó Daniel.

—¿Dónde van? —quiso saber un hombre de pelo largo.

—A la editorial Papyrus.

—¿Conoce la dirección? —preguntó una señora con pinta de abuela, y empezó a escribirla en el dorso de su lista de la compra—. Mi hijo trabaja allí.

—Está muy lejos, —aclaró una mujer con un traje rojo—. ¿Cómo piensan llegar hasta allí?

—Podrían ir en metro —sugirió el hombre del pelo largo.

—¡No se puede viajar con un león marino en el metro! —exclamó la mujer del traje rojo—. Tendréis que llamar a uno de esos taxis que admiten perros.

—Mi hermana contrata uno para llevarlos a la residencia canina. La llamaré para que me dé el número.

—Gracias —dijo Daniel—, pero ya tenemos quién nos lleve.

Cruzaron la calle en dirección a una mujer que estaba abriendo la portezuela de atrás de una furgoneta cubierta de fotos de perros con una leyenda que decía «Tartas para perros Carla».

19

Carla besó a Daniel, abrazó a Nim, dio unas palmaditas a Selkie y estuvo a punto de dárselas también a Fred, todo a la vez y sin dejar de hablar.

—Encantada de poderos ayudar. Pensaba que Daniel me estaba tomando el pelo, pero sois de verdad, ya lo creo. Podéis contarme vuestra historia por el camino. ¿Adónde tenéis que ir?

Daniel le dio la dirección, revolvió el pelo a Nim y corrió hacia el muelle, donde le esperaba el remolcador.

—Tenemos que hacer unas cuantas entregas por el camino —dijo Carla—. ¡Los pasteles no pueden esperar! He amontonado las cajas para que pueda sentarse la leona marina. Se llama Selkie, ¿no? Selkie,

¿te importa saltar ahí dentro, preciosa? ¡No aplastes esas cajas!

Selkie saltó a la parte trasera de la furgoneta, delante de las cajas amontonadas. Allí hacía fresco y, si se sentaba muy tiesa, podía mirar por la ventanilla de atrás. Lanzó un trompetazo de aprobación.

—¿Y qué hacemos con este muchachito? —preguntó Carla, señalando a Fred—. No se dedicará a trepar por las cajas, ¿verdad?

—Puede que sí.

—Está bien, Freddy, tú delante con Fritz. Y tú también, Nim. Fritz, deja de ladrar. Estoy segura de que Fred es mucho más agradable de lo que parece. Ponte el cinturón, que nos vamos, tenemos una carga de pasteles que llevar a su destino.

Fritz era un *dachshund,* un perro salchicha de patas cortas y cuerpo largo que tenía más o menos el mismo tamaño y forma que Fred. Al principio se apretujó contra Carla, pero luego fue arrastrándose hacia Nim. Fred estornudó celoso y Fritz ladró sobresaltado, pero después gateó sobre Nim hasta la ventanilla lateral, donde podía apoyarse y mirar hacia el exterior, ignorando con gran cuidado a Fred.

Fred hizo otro tanto, ignorando ostentosamente a Fritz.

Pasó un autobús que estaba cubierto de arriba abajo con el mismo cartel de *La isla de Nim* que habían visto en el taxi acuático.

Carla se echó a reír.

—¡Fíjate en eso! ¿Qué se siente cuando sabes que toda la gente de Manhattan te mira?

—Es un poco extraño —contestó Nim por educación, aunque lo que pensaba era que le daban ganas de vomitar.

—¿Y eso? —preguntó Carla—. Bueno, cuéntamelo todo. ¿Qué pinta una cría sola en la ciudad de Nueva York? O dicho de otro modo, ¿qué pinta aquí una niña con una leona marina, una iguana y su imagen en un autobús? Mira, conduciendo por esta ciudad yo veo un motón de cosas raras, pero nunca antes había visto algo así. ¿Dónde he metido yo la dirección de la tarta dálmata? Ahí está, la tienes debajo de los pies. Acércamela, ¿te importa?

Un coche amarillo con un cartel de *La isla de Nim* en el maletero hizo sonar la bocina.

—¡Eh! —le gritó Carla—. Tengo aquí a los genuinos protagonistas, así que cuidado con a quién le tocas la bocina.

Fritz ladró para mostrar su acuerdo. Fred estornudó.

—¡Hemos llegado! —exclamó Carla pocos minutos después, girando por una calle lateral y frenando bruscamente—. Tendremos que sacar a Selkie para que pueda coger la caja. ¿Estaréis bien mientras llevo esto a toda prisa? No está más que a media manzana. Dice aquí que en el piso doce. Sólo me llevará diez minutos.

—Estaremos bien —aseguró Nim.

Pero Selkie había visto un estanque en un pequeño parque.

El estanque era amplio y poco profundo, y del centro salía un chorro de agua. Había dos niños y una niña dentro, de pie, y una madre y un bebé estaban jugando con el agua en la orilla. Selkie corrió por la acera, atravesó un gran arco de mármol y entró en el agua como una bala de cañón. El estanque era menos profundo de lo que había pensado y, en lugar de hundirse, patinó hasta el extremo opuesto.

El bebé se echó a reír y aplaudió. Su madre lo cogió y a punto estuvo de salir de allí espantada.

—¡No le hará daño! —gritó Nim, corriendo hacia ellos con Fred y Fritz pisándole los talones.

—Vale —dijo la mujer, y al cabo de un rato dejó al bebé chapotear de nuevo.

Selkie se deslizó boca arriba y Nim le echó agua en la polvorienta tripa. Fred se metió en el estanque hasta llegar al surtidor. Fritz le siguió y Fred se puso encima del chorro de agua, que lo lanzó por los aires y más allá del borde.

—¡Mola! —exclamó uno de los niños.

—¿Es tuyo? —preguntó el otro.

—¿Y el león marino? —quiso saber la niña.

—Son mis amigos —explicó Nim.

—¿Pertenecéis a algún circo?

—No pertenecemos a nadie —contestó Nim—. Simplemente somos nosotros.

Los niños los acompañaron a la furgoneta y se despidieron diciéndoles adiós con las manos cuando los vieron alejarse.

Alex vio la estatua de la Libertad desde su camarote cuando el barco pasó delante de ella. No tenía nada que guardar salvo los pijamas, el cepillo que se había traído y el libro que Delia le había enviado.

Por primera vez, lo abrió y empezó a leerlo.

El barco ralentizó la marcha hasta casi detenerse. Los motores apenas ronroneaban. Se produjo una prolongada espera antes de que un remolcador los llevara hasta el muelle.

Alex empezó a sonreír mientras leía.

El barco atracó. Tendieron las amarras, que se fijaron a los bolardos del muelle, y la pasarela descendió con un fuerte impacto.

Alex levantó la vista. Habría deseado estar leyendo el libro en voz alta a Jack y Nim, con Fred, Selkie y Chica observándolos.

La madre de los niños del camarote de al lado dijo refunfuñando:

—¡Os había dicho esta mañana que hicierais el equipaje!

—¡Estábamos ocupados! —gritaron los niños.

Alex siguió leyendo.

Virginia llamó a la puerta para decirle que era hora de bajar del barco y preguntarle si necesitaba ayuda con el equipaje.

—No, gracias —contestó Alex. Al rato, se sumó a la cola para despedirse de la tripulación.

Era una fila muy larga, así que siguió leyendo mientras esperaba.

Estrechó la mano al capitán y vio que los vecinos de su camarote se habían puesto detrás de ella. Los niños parecían tan alegres y simpáticos como se había imaginado. Alex lamentó no haber tenido el valor suficiente para conocerlos.

Tuvo que ponerse en una cola todavía más larga para enseñar su pasaporte y abandonar el muelle. Estaba a punto de terminar el libro.

«El final ya lo conozco —se dijo a sí misma—. Al menos, eso creo».

De pronto, se sintió impaciente por dejar atrás el barco y desenmarañar el final de su historia más reciente.

—¿Ves el libro de esa mujer? —preguntó Ben a Erin.

Erin la miró fijamente. Leyó el título y se sintió un poco trastornada.

—¿Crees que Nim lo leyó y se lo inventó todo?

—Imposible. Tenía a Fred.

—Y a Selkie.

—No deja de ser muy extraño.

—Lo que resulta todavía más extraño es que esa mujer lleva unos pantalones como los de Nim. Nadie tiene unos pantalones como los suyos.

—Y no lleva maleta.

—Como si hubiera salido de viaje a toda prisa…

—… como Nim.

—¿No será…?

—¡Vamos a preguntárselo!

Pero cuando todas las páginas de su pasaporte estuvieron selladas y sus maletas inspeccionadas, Alex se desvaneció.

Ben y Erin siguieron a sus padres y a las gemelas para ponerse en otra cola y coger un taxi. El primero que se detuvo llevaba un anuncio en el techo: «*La isla de Nim*, por ALEX ROVER. ¡A la venta el 7 de julio!».

—Eso es hoy —dijo Erin.

—Así que la única persona del barco que podría estar leyéndolo hoy…

—¡… es Alex Rover!

A Ben le entró la risa.

—¿Te imaginas lo que dirá cuando vea a Nim?

—¡Y a Selkie y a Fred!

El vuelo de Jack no era directo a Nueva York; tuvo que cambiar de avión dos veces. Corrió a abrir su correo electrónico en un ordenador del aeropuerto. Esta vez fue derecho a la papelera. Estaba repleta de mensajes.

Cuando repasaba la lista, el corazón empezó a latirle tan fuerte que parecía salírsele del pecho.

De: erin@kidmail.com
Para: jack.rusoe@explorer.net
Fecha: Miércoles 7 de julio, 11:30
Asunto: Muy, muy urgente, sobre Nim

Querido Sr. Rusoe:
Soy la niña que le envió los anteriores mensajes de Nim. Espero que no piense que soy una
maleducada, pero me parece muy mezquino por su
parte que no haya respondido todavía. En fin,
supongo que le interesará saber que el barco
ha llegado ya a Nueva York y atracará dentro

de una media hora. Bajaremos a tierra en la terminal de cruceros, pero Nim, Selkie y Fred saltaron por la borda cuanto todo el mundo estaba pendiente de la estatua de la Libertad.

—¿Que saltó del barco? —dijo Jack.

Nim no me pidió que escribiera esto, pero espero que no le importe. Está preocupada porque cree que está enfadado con ella por lo de Alex. Nim es mi amiga y no quiero que se sienta mal. Por favor, escríbale lo antes posible. Supongo que podrá abrir su correo electrónico cuando encuentre a Alex.

Erin Caritas

Jack sintió calor y frío al mismo tiempo. No sabía si iba a vomitar o a explotar, o quizá si iba a hacer ambas cosas. Leyó de nuevo el mensaje, aunque tenía hasta la última palabra grabada a fuego en su mente, en especial lo de «saltaron por la borda» y «cuando encuentre a Alex».

A continuación, buscó todos los mensajes que habían ido a parar directamente a la papelera.

Encontró los cinco en los que Nim había pedido a Erin que le escribiera. Al terminar de leerlos supo que:

- Nim, Selkie y Fred habían saltado de un barco en medio de la bahía de Nueva York hacía aproximadamente dos horas.
- No estaban con Alex.

Había un montón de cosas más que ignoraba y las principales eran:

- ¿Se habrían ahogado Nim, Selkie y Fred tras saltar del barco?
- Y si no se habían ahogado, ¿dónde estaban ahora?
- ¿Dónde se encontraba Alex?

Las otras cosas que le gustaría saber, pero de las que se preocuparía más adelante eran:

- ¿Por qué habían subido al barco?
- ¿Cómo habían subido al barco?
- ¿Cuándo habían subido al barco?
- ¿Por qué se había marchado Alex?

Pero la pregunta más importante de todas, que ni siquiera se atrevía a formular porque era imposible conocer la respuesta, era:

- ¿Volverían a reunirse todos de nuevo?

Para: erin@kidmail.com
De: jack.rusoe@explorer.net
Fecha: Miércoles 7 de julio, 12:01
Asunto: Re: Muy, muy urgente, sobre Nim

Querida Erin:
   ¿Dices en serio que Nim saltó de un barco
para ir nadando hasta tierra?
   Llego a Nueva York a las seis de la tarde en
el vuelo 123. Si hablas con Nim, dile, por favor,
que siento mucho no haber leído tus correos antes.
   Tu amigo,

                    Jack Rusoe

   P.D. Gracias por ser amiga de Nim.

Empezó a escribir otro correo electrónico.

De: jack.rusoe@explorer.net
Para: aka@incognito.net

La megafonía del aeropuerto soltó: «Pasajero Jack
Rusoe, por favor, diríjase a la puerta de embarque 46
de inmediato. Su vuelo está a punto de partir».
   Jack dejó el ordenador y corrió hasta allí.
   «Me faltan cinco horas para llegar», pensó.
   Iban a ser las cinco horas más largas de su vida.

20

Carla condujo a Nim y a sus amigos entre viejos edificios, edificios nuevos, edificios de piedra tallada, edificios de cristal resplandeciente. Más y más edificios que se perdían en lo alto, entre las nubes. «¿Cómo quería encontrar a Delia Defoe yo sola? —se preguntó Nim—. Y si no puedo dar con ella, ¿cómo voy a encontrar a Alex?».

Pasaron por delante de bancos, tiendas de ropa, tiendas de fotografía, joyerías, tiendas de postales, jugueterías, pajarerías, hoteles, cafés y tenderetes en las esquinas, que vendían bolsos, gafas de sol o aperitivos y bebidas. Vieron ondear banderas, letreros de neón que deslumbraban, escaleras que bajaban a algún subterráneo y vapor que salía siseando de un agujero, como ocurría en la Montaña de Fuego cuando empezaba a enfadarse.

Se detuvieron ante un semáforo y contemplaron cómo cruzaban los peatones.

—Es gracioso —comentó Nim—. ¡Con tanta gente como hay, no existen dos personas que sean completamente iguales!

—Eso es lo que hace que la vida resulte interesante, cariño —dijo Carla—. Pero lo que yo ando buscando es el apartamento en el que esperan el pastel de cumpleaños para ese perro de lanas… ¡Deja de ladrar, Fritz, los perritos falderos son también buena gente! Vaya, hombre, esto era exactamente lo que no quería hacer. En fin, tendremos que aparcar aquí e ir andando. Podéis salir y estirar las piernas si queréis. Mejor será que le pongáis la cadena a Fritz. ¿Tiene correa Fred?

—Puedo llevarlo al hombro —dijo Nim.

—De acuerdo, no os alejéis. Volveré lo antes que pueda.

Carla abrió la trasera de la furgoneta para que se bajara Selkie, cogió la caja de la tarta y salió corriendo. Nim y los demás la siguieron más despacio, con Selkie pegada al costado de Nim.

En la esquina había un hombre que vendía *pretzels*. Los *pretzels* son pan retorcido con forma de nudo y cubiertos de sal. A Fred le gustaba la sal.

Por eso se inclinó desde el hombro de Nim y se comió medio *pretzel,* que había en el carrito, de un bocado.

—¡Me debes un dólar! —exclamó el hombre.

«¡No tengo dinero!», pensó Nim, pero entonces se acordó de las propinas que Erin le había metido en el bolsillo cuando subían al ascensor. Se las enseñó al vendedor.

—Eso es demasiado —contestó, cogiendo un papel verde y devolviéndole el resto.

Nim compró también una botella de agua y todavía le sobró dinero.

Cruzaron la calle, dieron la vuelta a la esquina y se toparon con un muro infranqueable de gente. La mayoría intentó quitarse del camino de Selkie, aunque estaban demasiado apretujados para dejarle suficiente sitio.

La gente estaba pendiente de unas pantallas gigantes que había en la fachada de unos edificios a los dos lados de la calle. En unas, aparecían imágenes que cambiaban sin parar y que iban repitiéndose; en otras, podían verse unas palabras que las recorrían y empezaban de nuevo a salir en cuanto habían desaparecido.

En uno de aquellos rótulos en movimiento decía: «¡LA ISLA DE NIM, DE ALEX ROVER, SALE HOY A LA VENTA!».

La niña sintió como si lo único real fuera el contacto del lomo de Fred bajo su barbilla y el calor del hombro de Selkie.

—Volvamos a la furgoneta —dijo, pero estaban tan rodeados que casi no había sitio para dar la vuelta.

—¡Guof! —ladró Selkie—. ¡Guof! ¡GUOF!

La multitud se movió lo justo para que Nim pudiera abrirse paso, pero entonces algunas personas repararon en la presencia de Selkie y Fred, y se acercaron aún más para mirar.

—¡Son los personajes del nuevo libro de Alex Rover!

—¡Seguro que están rodando una película!

Los viandantes se iban amontonando a su alrededor. Un policía hizo sonar su silbato. Selkie se detuvo, aunque el pitido no iba dirigido a ella. Su objeto era parar los coches para que Selkie y Nim pudieran cruzar, seguidas de una fila de gente.

—¿Adónde vais? —preguntó una niña.

—A la furgoneta de Carla —contestó Nim—. Y luego a buscar a Alex Rover.

—¡Estamos saliendo en la tele! —chilló un niño, mientras saltaba delante de Nim y agitaba los brazos ante un hombre que caminaba hacia atrás con una cámara al hombro.

Hubo gente que dejó de seguirla, pero otras personas se acercaron más para preguntarle por Alex.

Un hombre se abrió camino a empujones con una libreta y un libro, y pidió a Nim que se lo firmara. Era el libro de Alex, y aunque el mero hecho de verlo hacía que Nim se sintiera apenada, avergonzada y confusa, cuando leyó el nombre de la autora sintió aflorar una ligera esperanza. Quizá, a pesar de todo, seguían siendo amigas.

El hombre insistió hasta que Nim garabateó su nombre sobre la cara de la niña que se suponía era ella.

—¿Puedes darme tu autógrafo a mí también? —le preguntó un niño.

Justo cuando la gente empezaba a sacar papeles, libros de notas y sombreros, Fred estornudó con fuerza.

Todos, asustados, dieron un paso atrás.

Fred se sentía muy orgulloso de sí mismo cuando se reunieron con Carla y partieron de nuevo. La furgoneta iba a paso de tortuga en medio del tráfico.

—Casi hemos llegado —les explicó Carla—. Lo que vamos a hacer es dar la vuelta, dejar este pastel en forma de perro que parece un gato... ¡Deja ya de ladrar, Fritz! Aunque tienes razón, ¿a quién puede gustarle un perro que parece un gato? El caso es que a este cliente le gusta, así que eso es lo que van a recibir, y luego llevaremos a Nim adonde necesita ir.

Carla giró y la carretera, entonces, corrió paralela a un amplio parque. Nim vio hierba fresca, flores, grandes árboles y colinas. Era como el pulmón verde de aquella ciudad calurosa y apresurada.

La gente paseaba y soñaba en el parque, se tendía en la hierba, corría, montaba en bicicleta y a caballo. Había madres con bebés, padres con niños que apenas sabían andar, abuelos con sus nietos, madres y padres con niños pequeños y otros casi adultos.

«¡Familias!», pensó Nim, y de repente no quiso mirar más.

Carla aparcó junto a una fila de caballos y carruajes que había delante de un palacio. Se parecía a una foto de un libro que Nim tenía en casa.

—¡No os vayáis! —exclamó Carla, dejándoles salir de nuevo para sacar la tarta con forma de perro que parecía un gato—. Tardaré sólo un minuto.

Selkie lanzó un trompeteo de sorpresa al ver a los caballos. Jamás había visto animales de patas tan largas. Un caballo grande y gris relinchó en respuesta y Selkie se acercó a saltos para conocerlo.

—¡Estás muy lejos de casa! —espetó el conductor a Selkie—. Tienes suerte de que a Mabel le gusten los turistas —añadió frotando con afecto el cuello del caballo.

Mabel y Selkie se olisquearon las narices. Fred y Fritz se comieron unas palomitas que habían encontrado en el suelo.

Nim era la única que se sentía incapaz de disfrutar con los caballos y los carruajes, la fuente dorada o el palacio, el sol radiante o el verdor del parque. No tardaría en estar en la editorial de Alex, y si Delia Defoe no podía ayudarla no tenía ni idea de qué iba a hacer después.

Carla volvió gesticulando con aspavientos.

—¡Ahora resulta que querían dos tartas! ¡No hubiera estado mal que me lo hubieran dicho cuando hicieron el encargo! Así que estoy pensando... ¿Quieres volver conmigo a la tienda? Luego te acompañaré a buscar a la tal Delia.

Pero Nim no podía esperar más.

—Iremos nosotros solos —dijo, aunque estaba más asustada que cuando se disponía a saltar del barco.

—Vale, de acuerdo... pero no pienses que me estoy librando de ti, sin más. Tardaré alrededor de una hora, tiempo de sobra para que averigües si esa Delia puede ayudarte. Luego volveré a ver cómo te ha ido. Si quieres, podéis venir a casa y quedaros todo el tiempo que haga falta, hasta que encuentres a tu amiga o tu padre o a quien sea.

—¿Podemos quedarnos en tu casa? —preguntó Nim asombrada.

—¡No pensarás que os voy a dejar dormir en medio de Central Park! Daniel no volvería a hablarme. Aunque te lo advierto, vamos a estar muy apretados.

Nim intentó darle las gracias, pero tenía en la garganta un nudo aún más grande que cuando se había sentido asustada.

—¡Hemos llegado!

Carla frenó delante de un edificio alto y brillante del que colgaba una pancarta con el nombre de Alex Rover sobre un escaparate con ejemplares de *La isla de Nim*. Carla entregó a Nim una tarjeta, la abrazó con fuerza y dio a Fred unas palmaditas antes de abrir la puerta trasera para que saliera Selkie.

—Aquí tienes mi número por si necesitas algo. Recuérdalo, estaré de vuelta en una hora.

Volvió a incorporarse al tráfico, asomando la cabeza por la ventanilla para gritar de nuevo:

—¡No te preocupes!

—No lo haré —mintió Nim, despidiéndose con la mano.

La puerta de cristal era pesada. Cuando Nim la franqueó, encontró otra inmediatamente después. Había el espacio justo para Nim y Fred. Selkie se lanzó contra la segunda puerta con tal impulso que todas ellas empezaron a girar y Nim acabó donde había empezado, en la calle.

Volvió a intentarlo. Esta vez consiguió entrar en el edificio y otro tanto hizo Selkie.

Había libros en estanterías con cristales por todas partes, del suelo al techo. Nim supo que estaba en el sitio adecuado.

Detrás de un mostrador había tres hombres sentados.

—¡Cielo santo! —exclamó el primero.

—¡Los de publicidad podían habernos avisado! —dijo el segundo.

—Déjame que lo adivine —añadió el tercero—. ¡Tú tienes que ser Nim!

—Sí —contestó ella—. Tengo que ver a Alex Rover.

Los hombres intercambiaron miradas de asombro.

—Llama a Delia Defoe —dijo uno, y el segundo hombre descolgó el teléfono.

—Espera ahí, preciosa —le sugirió el tercero.

Nim y Selkie se sentaron delante de las estanterías. Nim se puso a leer los títulos de los libros mientras Fred se estiraba cuan largo era debajo de la estantería. Selkie observaba el ir y venir de la gente a través de la pesada puerta giratoria.

Se abrieron las puertas de un ascensor y de él salió una mujer.

—Soy la editora de Alex Rover —se presentó—. Agradezco tu interés por este libro, pero Alex Rover no concede entrevistas. Me gustaría saber cómo has conseguido hacerte con estos animales.

—No quiero hacerle una entrevista —explicó Nim—. Sólo necesito hablar con ella.

—La mayoría de la gente cree que Alex Rover es un hombre, ¿por qué piensas que es una mujer?

—Porque es mi amiga —explicó Nim—. O, por lo menos, lo era.

—Bueno, puedo transmitirle tu mensaje. ¿Por qué necesitas verla?

—Para pedirle perdón —murmuró Nim, ocultando la cara contra las rodillas para que Delia no la viera llorar.

—¿Quieres decir —le preguntó Delia con voz queda, como si en realidad no pudiera creer lo que estaba preguntando— que eres la Nim de verdad? ¿Y que éstos son los auténticos Fred y Selkie?

Nim asintió con la cabeza.

Delia se acuclilló junto a ella y Nim le contó toda su historia; todo salvo lo que le había dicho exactamente a Alex, porque creía que Delia no querría ayudarla si sabía hasta qué punto se había portado mal.

Al principio, Delia pareció excitada, pero según iba avanzando la historia, empezó a sentirse cada vez más preocupada.

—Entonces, ¿puede decirme cómo encontrar a Alex? —preguntó Nim.

—Me encantaría hacerlo —contestó Delia—. El problema es que no tengo ni la menor idea dónde está.

21

Cuando al fin consiguió salir de la terminal de cruceros, Alex pudo distinguir la cima del edificio de la editorial Papyrus, que se cernía alto y brillante sobre los que tenía alrededor. Alex necesitaba llegar allí a toda prisa, pero había una larga cola para coger un taxi. Cruzó la calle y echó a andar.

Mientras caminaba, iba escribiendo mentalmente un correo electrónico para Nim y Jack. No resultaba fácil, pero sabía lo que tenía que decir. Lo único que no sabía era qué respuesta recibiría.

Pensaba en ellos con tal concentración que a veces veía a una niña con el pelo como el de Nim o a un hombre que caminaba como Jack y, por un momento, pensaba: «¡Están aquí!».

Se sentía tan mal que después de mirar por el cristal del edificio de su editorial habría jurado que Selkie estaba sentada delante de las estanterías.

—¡Te estás volviendo loca de atar! —se dijo Alex a sí misma—. Pero dentro de cinco minutos puedes estar escribiéndoles un correo electrónico —añadió.

—Lo primero es lo primero —decía Delia a Nim—. Sube a mi despacho para mandar un mensaje a Alex y a tu padre. Selkie y Fred pueden quedarse aquí abajo, ¿no?

Selkie ladró y se apretó con fuerza contra Nim, mientras Fred se le subía al hombro.

—De acuerdo —dijo Delia—. Supongo que podemos subir en el montacargas.

De repente, Selkie ladró aún más fuerte y se deslizó hacia la puerta giratoria tan deprisa como fue capaz.

—¡Selkie! —gritó Nim.

Y, entonces, vio a Alex.

Las dos echaron a correr y se encontraron en el centro de la planta, se abrazaron con todas sus fuerzas, como cuando Nim había sacado a Alex de su velero medio hundido. Selkie resoplaba a su alrededor describiendo un amoroso círculo y Fred se subió al hombro de Alex.

—Pero, ¿cómo...? —preguntó ésta—. ¿Y cuándo?

—En un barco —respondió Nim—. Lo siento, lo siento tanto.

—¿Dónde está Jack?

—Creo que está muy enfadado conmigo. No sé por qué dije cosas tan horribles.

—¿Quieres decir que has venido *sola?*

—Eso es lo que quiere decir —añadió Delia—. Ésa es una de las muchas razones por las que me alegro tanto de ver a mi autora superventas.

Alex soltó a Nim sólo por un momento para estrechar la mano a Delia.

—Antes de hacer ninguna otra cosa —dijo—, ¿podemos mandar un correo a Jack?

Delia les condujo al montacargas y subieron a su despacho, mientras Nim y Alex seguían hablando a la vez e intentando ex-
plicarse.

—… y entonces saltamos del barco —terminó de decir Nim—. Cerca de la mujer verde.

—¿De dónde? —preguntó Alex, sintiéndose fatal.

—Del barco —respondió Nim.

Alex se iba poniendo cada vez peor.

—¿Qué barco? —dijo cuando logró recuperar la respiración.

Nim terminó su explicación, y Alex contó a Nim su historia, y Nim rio y lloró y Alex rio y lloró cuando las dos se dieron cuenta de que Nim había estado oculta en un bote salvavidas, justo delante del camarote de Alex, durante toda la semana.

Alex revisó su correo electrónico y se encontró ante una avalancha de mensajes. Leyó los de Jack, del último al primero. Cuanto más leía, más pálida se ponía, porque Jack estaría tan enfadado que seguro que no querría volver a saber nada de ella.

—Pero yo le expliqué lo que había ocurrido —se disculpó Nim—. Erin le enviaba un mensaje a diario.

—Quizá estuviera demasiado triste para entenderlo —dijo Alex.

```
De: aka@incognito.net
Para: jack.rusoe@explorer.com
Fecha: Miércoles 7 de julio, 14:02
Asunto: ¡He encontrado a Alex!
```

Querido Jack:

No te enfades con Alex, porque no fue culpa suya que me marchara. Que ella se haya ido sí es mi culpa. Ojalá pudieras venir.

Ahora vamos a bajar al mar para que Selkie
y Fred puedan nadar en agua salada, porque
hasta ahora se han tenido que conformar con
las fuentes en los parques. Espero que tu
correo esté funcionando para que recibas esto
y me respondas.

Te quiere (tanto como Selkie nos quiere a
nosotros),

Nim

—¿Y si el profesor intenta raptar de nuevo a Selkie?
—¡NADIE se llevará jamás a Selkie otra vez! —exclamó Alex.
Tenía una expresión tan feroz que Nim le creyó.

Sonó el teléfono de Delia.
—Alguien os espera abajo —dijo.
Tanto Nim como Alex pensaron: «¡Jack!».
Bajaron todos en el montacargas hasta el recibidor y, aunque no era él, Nim se alegró mucho de encontrar a Carla. Fred se alegró de ver a Fritz, y Alex y Delia se mostraron encantadas de conocer a alguien que había ayudado a Nim. Hubo muestras de agradecimiento, exclamaciones y explicaciones, y luego Carla y Fritz se marcharon a toda prisa para empezar a preparar las tartas del día siguiente.

Un coche largo y blanco con ventanas negras frenó ante el edificio. El chófer descendió de él para abrirles las puertas.

—Aquí está vuestro coche —dijo Delia—. ¿Estáis seguras de que no queréis que os busque un hotel?

—Gracias, pero prefiero hacerlo yo misma. Ya va siendo hora de que aprenda a hacer cosas sin ayuda —contestó Alex.

Un niño y una niña acompañados de su madre se pararon a mirar mientras Alex, Delia, Nim, Fred y, por último, Selkie, salían por la puerta giratoria.

—¡Mira, un león marino!

—¡Esa niña lleva un lagarto en el hombro!

—¡Vamos, sólo están haciendo publicidad de un libro! —dijo la madre.

Nim y Alex se miraron y se echaron a reír con tales ganas que tuvieron que apoyarse en la limusina antes de ser capaces de subirse a ella.

Delia se despidió con la mano cuando el coche se incorporó al tráfico, con Nim y Alex sentadas juntas, Fred en la bandeja del asiento fisgando por una ventanilla y Selkie en el suelo, mirando muy atenta a través de la ventanilla que estaba a su lado.

Alex pulsó un botón de la puerta de la limusina y el cristal descendió. Nim pulsó el suyo para Selkie, pero bajó el de Fred lo justo para que pudiera sacar la solamente la cabeza.

—Sírvanse algo de beber —les propuso el chófer.

Detrás del asiento del conductor había un compartimento con botellas. Nim tuvo que verter el agua en un platito para Fred. Sin embargo, Selkie era capaz de beber la suya directamente de la botella.

El conductor de la limusina pidió educadamente a Selkie que no sacara la cabeza por la ventanilla con la botella en la boca. Selkie se terminó el agua a toda prisa para volver a sacar la cabeza.

Cuando se detuvieron ante un semáforo, tres perros cruzaron la calle delante de ellos.

—¡Guof! —trompeteó Selkie, saltando de una ventanilla a la otra.

—¡Auuu! —gimieron sorprendidos los perros.

Selkie resopló feliz: ir en limusina era mucho mejor que estar sola en la trasera de una furgoneta, intentando no moverse para no aplastar los pasteles.

El conductor los condujo a otro parque, un poco más arriba del río, donde el remolcador había desembarcado a Nim aquella mañana. Había un club náutico con barcos atracados a lo largo de los muelles: veleros, motoras y otros que parecían casas flotantes más que embarcaciones. Uno tenía hasta maceteros en las ventanas y otro un cartel que decía «Se alquila».

—Interesante —dijo Alex pensativa—. Pero estoy hambrienta. Vamos a buscar algo de comer.

Los cuatro caminaron juntos hasta un café que había en el centro. Se sentaron a una mesa en el exterior. Desde allí Selkie y Fred podían observar los perros que había junto a otras mesas con sus amos.

Alex pidió pescado con patatas fritas y ensalada.

—¡Que uno de los platos de pescado sea crudo, por favor! —añadió.

—¡Por supuesto! —contestó el camarero, y trajo a Selkie y Fred un cuenco de agua para que lo compartieran mientras esperaban.

—No sabía que hubiera leones marinos en Nueva York —dijo el hombre de la mesa de al lado.

—Estamos de visita —le explicó Alex.

—Y me encanta su ropa. Ustedes, madre e hija, llevan la misma —exclamó su mujer—. ¿La confeccionaron ustedes mismas?

Alex pareció azorada.

—No somos...

—Sí —se apresuró a decir Nim.

A Alex se le llenaron los ojos de lágrimas.

—Después de cenar, buscamos un lugar para consultar nuestros correos electrónicos —sugirió.

Porque por mucho que Nim la hubiera perdonado por marcharse, no sabía si Jack sería capaz también de hacerlo.

—Pero Selkie y Fred necesitan nadar antes un poco —dijo Nim.

Así que, una vez terminaron, caminaron hasta la orilla. Fred y Selkie atravesaron el parque corriendo y saltaron al agua. Cuanto más deprisa iban, más gente se acercaba a mirar.

—¡Rápido! —los alentó Alex.

Corrieron hasta el extremo de un pantalán en el que había un cartel que decía: «Se alquilan kayaks».

—¿Han montado alguna vez en kayak? —les preguntó la mujer.

—¡Claro! —respondió Alex.

Subieron a uno y empezaron a remar. Salpicaban tanta agua como Selkie cuando se metió en la fuente, pero, sin saber muy bien por qué, no se movían gran cosa ni a demasiada velocidad.

—¿Estás segura de que has hecho esto antes? —preguntó Nim.

—Puede que haya sido en uno de mis libros —contestó Alex—. A veces, me confundo.

22

Erin y Ben estaban en el aeropuerto con el resto de la familia, esperando el avión que los iba a llevar a casa. El vuelo venía con retraso, estaban aburridos de no poder hacer nada. Erin quería echar un vistazo a su correo electrónico, pero no podía hacerlo.

—¿Qué es eso tan importante que quieres ver que no puedes aguantar hasta que lleguemos a casa? —le preguntó su padre, tomándole el pelo.

Erin decidió que era el momento de contarlo todo:

—Es por Nim —empezó.

—¡Sale por la tele! —gritó Ben.

—Última hora: asombrosas escenas en Nueva York —decía el aparato que tenían sobre sus cabezas—. Times Square dio la bienvenida a un león marino que estaba de visita.

Erin se dio la vuelta y vio a Nim, Selkie y Fred abriéndose paso en medio de una muchedumbre en la plaza donde estaban las gigantescas pantallas.

—Aunque en un principio se pensó que era un montaje publicitario, ya que hoy salía a la venta el nuevo libro de Alex Rover, *La isla de Nim*...

La cámara enfocó un autobús con un cartel anunciando el libro.

—... los hechos lo han desmentido: la compañía Troppo declaró que la niña —la cara de Nim ocupó toda la pantalla— era, de hecho, una polizona que había robado un valioso león marino adiestrado.

—¡Embustero! —gritó Ben.

—¡Nim! —gritó un hombre que estaba en pie a su lado.

Miraba la pantalla conmocionado y se percibían el alivio y la ira en su cara. Sus ojos brillaban. Además, llevaba unos pantalones abolsados.

—¡Usted es el padre de Nim! —gritó Erin.

—¿Quién es Nim? —preguntaron las gemelas.

La televisión mostró a Selkie nadando como un delfín en torno al kayak de Nim y Alex.

—¡Es nuestra amiga! —gritaron al unísono Erin y Ben.

—¡Tú eres Erin! —exclamó Jack.

—Y yo Ben —dijo Ben.

—¡Contádmelo todo, por favor!

La cámara enfocó al profesor, que apuntaba acusador con el dedo, e hizo un *zoom* sobre el fusil tranquilizador que tenía al lado.

—¡Ése es el hombre que secuestró a Selkie!

—¡Y a los pájaros y a los otros animales!

—Nim no pretendía viajar como polizona. ¡Intentaba rescatar a Selkie!

—¡Tenemos que ayudarla!

—Se ha avisado a la policía para capturar de nuevo al animal —continuó el reportero.

Jack corrió hacia la señal de salida.

—¡Espere! —gritó el padre de Erin y Ben—. ¡Voy con usted!

—Vamos todos —dijo también la mujer.

Atravesaron a la carrera el aeropuerto hasta llegar a la larga fila de taxis amarillos que había aparcados fuera. Jack se metió precipitadamente en el primero con Erin, Ben y su padre, y la madre y las gemelas cogieron el que estaba detrás.

—Es una emergencia —dijo Jack—. Al muelle de los kayaks, ¡todo lo rápido que pueda!

—¿El que sale en las noticias? —preguntó el conductor—. ¿El del león marino?

—Sí. ¡Por favor, apresúrese!

—¡Entendido! —asintió el conductor, y arrancó tan deprisa que cayeron de espaldas contra sus asientos.

El taxi fue zigzagueando mientras corría a toda velocidad por la autopista. Jack cerró los ojos para no ver cómo se desdibujaba el panorama y centró toda su atención en Erin y Ben, que le contaron lo que había pasado a bordo del barco. Estaba lívido. Unas veces parecía enfurecido, otras gruñía; pero también, en ocasiones, sonreía.

—Nim nunca había tenido amigos de su edad —les explicó—. Tuvo mucha suerte al encontrarse con vosotros dos.

—Nos cae bien —contestó Erin.

—Jamás hemos conocido a nadie tan especial como ella —añadió Ben.

—De eso estoy seguro —dijo Jack.

Le comentaron que habían visto a Alex por la mañana. Él palideció aún más. Su expresión se hizo más triste y no dijo una palabra.

—¿Por qué no contasteis nada de esto a vuestra madre y a mí? —les preguntó su padre.

—Nos daba miedo…

—¡Porque el profesor había dicho que metería a Nim en la cárcel!

—¡Eso no va a ocurrir! —dijeron a la vez él y Jack.

Tuvieron que cruzar un puente para llegar a la ciudad. El taxi hizo sonar el claxón y se abrió camino a través del tráfico hasta llegar al muelle. Vieron mástiles de veleros y una multitud en la orilla.

Jack le tendió un fajo de billetes al conductor, saltó del coche y echó a correr.

Un policía lo hizo detenerse.

—¡Quieto! ¡Deténgase ahí! Tenemos un animal salvaje suelto.

—¡Pero ésa es mi hija! —le aclaró Jack—. La niña, no la leona marina. La leona marina es su amiga. Han crecido juntas.

—¿Y la mujer?

—Ella es... —Jack dudó—. Bueno, era... lo que quiero decir es que sé quién es, pero no sé si...

—Ya —dijo el policía—. Pero ese caballero de ahí me ha advertido que el animal puede resultar muy peligroso si se le acerca alguien no entrenado, así que no puedo dejarlo pasar.

—Ese *caballero* es un cazador furtivo de animales —dijo Jack, al tiempo que se le puso la cara escarlata de furia—. Registren su barco y encontrarán otros animales que rescatar. Él es el único animal peligroso que hay por aquí.

El profesor, que no se había apercibido de la presencia de Jack, se acercó al policía.

—No podemos esperar más. Ese animal ha de ser recluido de nuevo. Le dispararé un dardo tranquilizador.

—¡Usted no va a sedar a esa leona marina! —gritó Jack.

203

—¡Calma todo el mundo! —dijo el policía al profesor.

Erin y Ben, su madre, su padre y las gemelas se habían colado por detrás de la multitud hasta subirse a un kayak. Ahora estaban remando en círculos alrededor de Selkie.

Otras personas siguieron su ejemplo, hasta que todos los kayaks disponibles estuvieron junto a la leona marina, protegiéndola del profesor.

Un reportero se acercó a empujones hasta el policía, seguido de un hombre vestido con uniforme de chófer.

—Este hombre dice que trajo a la leona marina hasta aquí en su limusina, y que no es peligrosa en absoluto.

—¡Lo mismo digo yo! —añadió Carla, corriendo por el césped con Fritz pisándole los talones—. ¡Ni siquiera aplasta las tartas!

—No sé si pertenece a alguien —explicó Daniel—, pero sé que adora a esa niña, y que Nim la adora a ella.

—Y sospecho que acabarán descubriendo que este hombre es el cazador furtivo de animales salvajes que denuncié a la policía —expuso Iván.

—¿Qué tiene que decir a todo eso? —exigió saber el reportero, poniendo el micrófono al profesor en medio de la cara.

—¡Digo que pienso recuperar ese animal!

—¡Baje el arma! —le gritó el policía.

El profesor ignoró al agente y levantó su pistola de dardos.

Jack saltó sobre él.

El policía hizo otro tanto.

Las cabezas del policía y Jack chocaron y golpearon el brazo del profesor.

—¡Ay! —chilló éste cuando se le clavó en la pierna el dardo tranquilizante. Y empezó a gemir al hacerle efecto la inyección—: ¡Ooh!

Y en un momento se derrumbó. Se quedó dormido antes de que las esposas del policía se cerraran alrededor de sus muñecas.

Jack corrió como nunca en su vida. Saltó al agua y nadó directamente hacia ellos. Selkie lanzó su trompetazo más feliz y buceó a su encuentro.

—¡Jack! —gritó Nim.

—¡Jack! —susurró Alex.

Tendieron las manos hacia él y su kayak volcó.

Los tres se agarraron a la embarcación volcada, riéndose y abrazándose, explicándose y lanzando exclamaciones, hasta que Fred sacó la cabeza entre ellos y Selkie trompeteó impaciente para decir que tenían que volver a tierra.

—Tienes razón, Selkie —dijo Jack—. Creo que ya es hora de que volvamos todos a casa.

—¿Todos nosotros? —preguntó Nim.

—Todos —contestó Alex.

23

Tenían demasiadas cosas que organizar como para poder volver a la isla de inmediato.

—Además —dijo Nim—, ¡hay mucho que ver en la ciudad!

Así que mientras Jack y Nim iban a la policía a hablar del profesor, Alex fue a ver el barco que parecía una cabaña y lo alquiló por dos meses. A Selkie y a Fred les encantó, porque podían entrar y salir del río en cualquier momento que les apetecía, y quedarse solos en casa cuando Nim, Jack y Alex hacían cosas que a ellos no les gustaban.

A Nim, Jack y Alex la cabaña también les encantó, porque cuando regresaban de un día frenético en la bulliciosa ciudad podían respirar aire fresco y sentarse apaciblemente a ver cómo se ponía el sol sobre el río.

Visitaron museos y vieron dinosaurios y diminutos fósiles, momias egipcias y armaduras, cuadros enormes y tallas en miniatura. Fueron a una biblioteca que tenía pinturas en los techos y leones de piedra delante de las puertas. Recorrieron las bochornosas calles de la ciudad y entraron en grandes y gélidos almacenes donde compraron zapatos y ropa, y donde había unas mujeres que rociaban perfumes que hacían estornudar a Jack. Estuvieron en el cine y olvidaron comerse las palomitas, porque la pantalla era tan grande y el sonido les rodeaba de tal manera que sentían como si formaran también parte de la historia. Comieron *bagels*, perritos calientes y otras cosas de las que Nim jamás había oído hablar. Tomaron el té por la tarde en un hotel que parecía un palacio, y recorrieron las calles en un carruaje arrastrado por una yegua llamada Mabel. Celebraron una fiesta con todos sus amigos y hubo una tarta en forma de iguana, que hizo que Fred estornudara debido a la sorpresa.

Pero lo mejor de todo fue un día muy, muy caluroso, en que acudieron todos al enorme parque que había en mitad de la ciudad. El taxi bajó por una carretera con curvas suaves y los dejó en un lugar desde el que un sendero conducía a un plácido lago verde. El conductor abrió la puerta y antes de que le diera tiempo siquiera a decir «¡Hemos llegado!», Selkie echó a correr.

—¡No sabía que los leones marinos fueran capaces de moverse tan deprisa! —exclamó el conductor—. ¡O las iguanas!

Fred trotaba detrás de Selkie tan deprisa como se lo permitían sus cortas patas.

La gente se apartaba del camino al verlos acercarse y los perros ladraban. Selkie y Fred se tiraron al agua.

Una hilera de tortugas que estaban tomando el sol sobre un tronco volvieron la cabeza para mirar y, una por una, desaparecieron bajo el agua.

Fred emergió del fondo con una sonrisa llena de plantas acuáticas.

Selkie apareció en medio del lago para comprobar que Nim seguía estando a la vista.

Entonces, uno tras otro, los perros del parque saltaron al agua y movieron sus patas siguiendo a Selkie y Fred. Chapoteaban y ladraban en el partido de *cocofútbol* sin coco más demencial y lleno de salpicaduras que jamás se haya jugado.

Sus dueños se reían ante el espectáculo.

Otras familias que paseaban por el parque se acercaron también a observar.

Nim, Alex y Jack también se quedaron mirándolos y riéndose, y se sentaron juntos en la orilla durante el resto de la tarde.

P. D.

De: nim@kidmail.com
Para: erin@kidmail.com; ben@kidmail.com
Fecha: Jueves 22 de julio, 10:05
Asunto: De vuelta en la isla

Queridos Erin y Ben:
Os dije que os escribiría en cuanto regresáramos a la isla. La ciudad resultó divertida, pero estoy feliz de estar otra vez en casa.
Nuestro viaje de vuelta fue muy diferente. El capitán permitió que Selkie y Fred tuvieran su propia piscina, y yo dormí en un camarote. Fue mucho más cómodo, pero eché de menos hacer cosas con vosotros. Un día vimos cómo una

ballena expulsaba agua por su nariz y me hubiera encantado haberlo compartido con vosotros. Paramos en varios sitios para devolver a los animales secuestrados a sus hogares.

Cuando llegamos a Isla Soleada compramos un velero y navegamos el resto del camino. Jack había pensado fabricar él mismo nuestro nuevo barco, pero Alex dijo que era un regalo por su libro. Y Jack estuvo de acuerdo, porque quería que todos volviéramos a casa lo antes posible.

Selkie recorrió la mayor parte del camino a nado, lo que estuvo bien porque ocupaba toda la cubierta cada vez que se echaba una siesta. También le gustaba exhibirse entre los delfines, que habían decidido seguirnos hasta casa. Al igual que algunas de las aves.

Jack dice que el profesor y el capitán de la Troppo van a pasar mucho, mucho tiempo en la cárcel. Así lo espero. Lo mismo opinan Kylie, Kelvin y Kristie. Nos hicieron una visita en la casa flotante y nos contaron lo mal que se habían sentido cuando se enteraron de lo del contrabando de animales. Ahora van a trabajar en otro barco y Virginia lo hará en un zoológico donde los animales aprenden a vivir de nuevo en libertad después de haber pasado mucho tiempo en jaulas.

Habréis visto que tengo mi propia dirección de correo electrónico, así que podéis escribirme todo lo que queráis. Pero lo mejor de todo es que Jack, Alex y yo queremos que vengáis y os quedéis con nosotros en la isla el próximo verano.

Espero que os dejen vuestros padres.

Os quiere (tanto como Selkie quiere a Fred),

Nim

La isla de Nim

Wendy Orr

Ilustraciones
Kerry Millard

Nim vive con su padre en una isla paradisíaca, en medio del océano. También están Selkie (una hembra de león marino), Fred (una iguana) y Chica (una tortuga). El único contacto que mantienen con el mundo es a través de su ordenador. Y no quieren que esto cambie nunca. Pero un día las cosas se complican cuando el padre de Nim desaparece arrastrado por un tornado. Entonces, ella tendrá que apañárselas completamente sola.